아이고   저런

흐엉! 흐엉!

다리가 아파
못 걷겠다며 떼를 쓰기에
두고 가버리자
울음이 터진 첫째 쇼타로

길 가다 보면
이런 아이가 종종
보이지 않나요?

울어서
못생겨진 얼굴

좌우 쟈~앙
(빗자루로 에어기타)

THE BEATLES ♫

비틀즈의 'Birthday'를 틀어놓고
쇼타로의 첫 번째 생일을 축하하다.

부엌에 있는 두 아들

핫토리씨 가족의
도시 수렵생활 분투기

핫토리 고유키 글·그림
핫토리 분쇼 글
황세정 옮김

핫토리 씨 가족의
도시 수렵생활 분투기

더숲

제 어머니는 오랫동안 전업주부였습니다. 아버지가 틀어놓던 텔
레비전의 과장된 예능 프로그램을 즐기지는 않으셨던 것 같아요. 어
머니는 혼자만의 시간이 생기면 식탁에 앉아 조용히 책을 읽으셨습
니다. 젊은 시절 대학에 진학하지 않은 것이 훗날 후회가 되셨는지,
무엇이든 배우고 잘하고 싶어 하셨고, 특히 문학에 큰 관심을 가진
분이셨습니다.

제가 중학생이 되었을 무렵, 어머니는 일주일에 한 번, 전철을 타
고 시를 배우러 다니기 시작하셨습니다. 제가 학교에서 돌아오면 한
번 읽어봐달라며 연필로 쓴 시의 초안을 주셨어요. 그럴 때면 뭐라
형용할 수 없는 뿌듯함을 느꼈습니다. 저는 어릴 적부터 칠칠치 못
해 늘 꾸중을 듣는 아이였지만, 어머니에게 건네받은 시에서 신뢰를
느꼈기 때문이에요.

어머니의 시에는 중요한 약속을 하고 부랴부랴 '고양이 발걸음 소

리를 내며 나갔던' 날과, 정든 집을 뒤로한 채 이사를 갈 때의 섭섭한 마음, 자식과 남편이 차례로 집에 돌아와 '집의 저녁 풍경이 만들어 지는' 모습이 고심 끝에 고른 단어들로 엮여 있었습니다. 가족과 일 상, 삶을 스쳐 지나가는 찰나의 순간을 애써 포착하려고 한 이는 제 가 알던 어머니가 아니라 다른 면모를 지닌 여성이었습니다.

저는 대학을 졸업한 후 중학교 미술 교사로 일하다 6년 만에 그만 둔 후에는, 동반자와 함께 새로운 인생을 살기 시작했습니다. 그곳 에는 꿈과 현실이 서로 등을 맞댄 채 제 앞을 가로막고 있었습니다. 철이 없던 저는 예전처럼 자신만을 위해 시간과 돈을 쓸 수 없다는 것도, 온종일 아이를 돌봐야 하는 상황도, 속박처럼 느껴져 항상 현 실에서 도망치려고 했습니다. 힘든 일이 특별히 저한테만 일어난다 고 믿었습니다.

제가 직접 가정을 꾸려보니 사람들이 행복이라 여기는 결혼과 출 산에는 많은 고충이 숨어 있다는 걸 실감했습니다. 아무리 행복해 보이는 가족에게도 다른 사람은 절대 알 수 없는 사정이 있는 것처 럼요. 사람의 행복이란 언젠가부터 머릿속에 자리 잡은 이미지나 텔 레비전 광고 등이 강요하는 가치관과는 달랐습니다. 오히려 보잘것

없고 소소하며 때로는 슬프기도 훈훈하기도 한 것이었습니다.

 2.5평 남짓한 거실에 앉아 마치 초등학생이 일기를 쓰듯이 눈앞에 벌어진 일을 만화로 그리다 보면 웃음이 절로 나왔어요. 내가 고생이라 여겼던 일이 그저 그날의 기분이었던 것 같아, 바보 같기도 하고 신기하기도 했습니다. 노트에 뭔가를 끄적거리며 저의 일상을 돌아보고 위안을 얻었습니다. 그 무렵부터 쓰기 시작한 노트가 이제는 제 보물이 되었고, 이 책을 집필하는 데 귀중한 자료가 되었습니다.

 어느 날, 한 젊은 아기 엄마가 멋지게 차려입고 유모차를 밀며 외출하는 모습을 보고는, 나도 저렇게 마음 편히 외출해서 기분 전환하면 좋았을 텐데 하는 생각이 들었습니다. 하지만 제가 밖에 나가 느긋하게 시간을 보낼 수 있는 성격이 아니라는 것을 곧 깨닫고, 어린 세 아이를 돌보느라 애쓴 저 자신을 칭찬하고 싶어졌습니다. 아이를 키우면서 뜻대로 되지 않는 일이 많았지만(지금도 그렇습니다), 자신의 한계마저 순순히 받아들임으로써 안식을 얻을 수 있었습니다.

 가족들과 부대끼면서 문득 답답한 느낌이 들 때면 모른 척하는 게 아마 편할 겁니다. 그 느낌이 무엇인지 파고들어 결국 입 밖으로 분명하게 뱉어버리면, 그 어렴풋한 이전의 시간으로 다시 돌아갈 수 없을 테니까요. 어쩌면 무서운 일이 생길지도 모릅니다. 하지만 적당한 말을 찾아 헤맨 나날은 내가 누구의 아내, 누구의 엄마로서가 아니라, 자신의 인생과 마주하는 시간이었습니다.

핫토리服部라는 성씨는 고대 일본에서 옷을 만드는 일에 종사했던 부족을 지칭하는 하타오리베機織部에서 유래한 성입니다. 당시 옷을 만드는 장인들 중에는 고구려에서 건너온 사람이 많았기 때문에 저는 한국을 제 뿌리라고 여기고 있습니다. 글과 그림으로 무언가를 표현하는 과정에는 깊이 있는 성찰이 필요하다는 생각이 듭니다. 좀 더 치열하게 고민하지 못하고 미숙한 내용을 담게 되었지만, 그럼에도 이 책을 한국에 계신 독자 분들께서 읽어주신다면 정말 기쁠 것입니다.

핫토리 고유키

차례

1장 등산가의 아내가 되다

2장 동물의 목숨은 나의 생명이 된다

시작하며

　나는 요코하마 교외에 살고 있는 사십 대 후반의 주부다. 우리 집 베란다에서는 끝없이 이어지는 콘크리트 거리가 내려다보인다. 밤이면 고속철 신칸센과 도쿄와 요코하마를 오가는 도큐 도요코 선이 가느다란 띠 모양으로 빛을 내며 달리는 모습이 보인다.

　요코하마에는 언덕이 많다. 어릴 때 성묘를 하기 위해 요코하마로 가는 빨간 전철을 타곤 했다. 당시 평지 마을에 살았던 나는 요코하마에 와서 높은 경사면에 집들이 빽빽하게 들어서 있는 모습을 보고 깜짝 놀랐다.

　지금은 바로 그 경사면에 우리 다섯 식구가 함께 살고 있다.

　내 고등학교 시절은 만원 전철, 유화 그리기, 선생님과 친구들의 초상화를 그려 넣은 편지지 만들기, CD · 라디오 · 카세트에서 흘러 나온 로큰롤 음악으로 이루어져 있다. 껍질을 깨고 싶었던 사춘기 소녀의 바람은 점점 커져 대학생이 된 후 등산을 시작했다. 눈이 쌓인 산길을 죽어라 올라가면 발아래로 푸른 산줄기가 사방에 한없이 펼쳐졌다. 물론 아름다운 산에도 매료되었지만, 학교 건물 지하의 반더포겔Wandervogel(독일어로 철새라는 뜻. 1901년 독일에서 일어난 자발적인 청년 운동. 철새처럼 자유롭게 돌아다니며 심신의 건강을 다지는 활동을 한다. -옮긴이) 동아리 방에서 친구들과 함께 보낸 시간도 좋았다.

남편 분쇼는 사냥으로 먹이를 조달하고 산을 여행하는 일을 천직으로 삼는 등산가다. 뱀을 입에 물고 태연히 웃고 있는 사진이 많이 알려졌다. 평온하게 살고 있는 사람들과는 달리, 삶의 의미를 되새기는 일에 끊임없이 도전하기에 사람들은 늘 남편을 보며 쓴웃음을 짓는다.

도시에 살지만 가능한 자연과 가까이 지내고 싶었다. 어린 시절 시골에서 본, 꽃들이 만발한 정원과 갓 딴 채소의 맛을 잊을 수가 없었다. 그런 바람은 우리 부부가 둘 다 지니고 있었지만, 남편은 어떻게 하면 자력으로 일상생활을 영위할 수 있을지 좀 더 진지하게 고민한 것 같다. 그리고 머리에 떠오른 생각을 착실히 실천해 나갔다.

남편의 거침없는 행동을 보며 이 사람과 함께 사는 동안에는 슬로라이프 같은 건 꿈도 못 꾸겠구나 싶었다. 그런데 막상 한 걸음 내디뎌보니 예상보다 흥미롭고 신기한 일들로 가득했다. 나는 노트를 꺼내 가족들의 모습과 닭이 뒤뚱거리며 걷는 모습을 그리기 시작했다.

가족 소개

탔어….

고유키

미대에 다니던 시절, 반더포겔 동아리에 가입해 등산에 매료됐다. 그때 남편 분쇼와 만났다. 아이들이 어느 정도 크고 난 후, 일러스트 작업을 시작했다. 덜렁대는 편이라 가족들 사이에서 요주의 인물이다.

현모양처라는 루머가 있다?!

드르렁~ 쿠울

아빠

분쇼

자신만의 미학 '자력 달성'을 이루기 위해 애쓰고 있다. 날카로운 눈빛을 지닌 야인처럼 보이지만, 사실 순진하고 순수한 남자다. 주변 사람들을 신경 쓰지 않고 자신이 하고 싶은 일에 몰두한다. 코웃음을 치는 습관이 있어 때론 오해를 불러오기도 한다.

타-앙

휙

주~르

뭐든지 잡아먹는 무서운 아저씨?!

꽉

첫째 아들

쇼타로

곧 대학생이 된다. 요즘 젊은이답게 '나는 평범하게 살 거야.'라고 선언했다. 초등학교 6학년 때 아빠와 함께 사냥을 간 적이 있는데, 그 후 남편이 쓴 소설 《아들과 함께한 사냥》(息子と狩猟に)의 모델이 되었다. 집에서 일어나는 잡다한 일에 신경 쓰지 않기 때문에 이 책에는 별로 등장하지 않는다.

둘째
아들

겐지로

고등학교에 들어간 지 1년
만에 그만두고, 지금은 집에
서 매일 그림을 그리며 지낸
다. 꿈이 뭔지 알 수 없지만
'적극적·자발적 잉여'로 살
고 있다. 자신의 의지에 따
라 행동하고 싶어하는 성격
은 아빠를 닮아서일까?

막내
딸

슈

중학생. 육상부에 들어가 매일 달리기를 하고,
동물을 잘 돌본다. 막내로 태어나 많은 사랑을
받으며 자랐다. 고전 애니메이션 〈알프스 소녀
하이디〉를 좋아하고, 음악과 패션 트렌드에도
민감하다. 요즘은 쇼핑을 즐겨 한다.

나쓰

믹스견, 2살

산에 가는 날만
기다리는 나쓰

자세한 이야기는
3장에서

마당에 사는 닭들

검은 고양이 **야마토**

우리 집에서
유일하게
뚱뚱하다

우리 집을
소개합니다

여름 햇살을
막기 위한 갈대발

책이 1000권
가량(?) 있는 방

공부를 하거나
피아노를 치는 방

침실

여기서
동물을
해체한다.

가족들이 모이는 방

참붕어와 수련

사슴 생가죽

연못

닭들이 사는 마당

텃밭

수사슴 머리

닭장

경사가 있다

뿔만 나오게 땅속에
묻었다.

15

사냥꾼 가족의 일상

야생 고기는 맛있어!

아빠가 또! 이상한 요리를…

연못거북
전골

재료는 이상해도, 맛있다.

아이들과 놀면서 최선을 다하는
어른(남편)

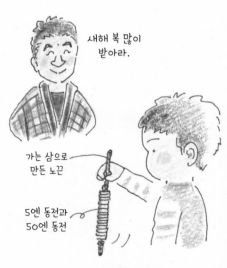

새해 복 많이
받아라.

가는 삼으로
만든 노끈

5엔 동전과
50엔 동전

이런 선물은 처음이라

문제가 생기면 알아서 대처한다.

그림을 그리는 것도 사냥일까?

동물과 함께하는 생활

1장

등산가의
아내가 되다

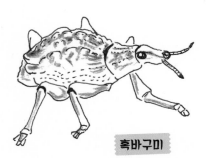

흑바구미

1.5센티미터 크기의
동그란 눈이 귀여운 곤충.
몸이 울퉁불퉁하다.

밥상에서 시작된 우리의 이야기

도쿄 시모키타자와에 있는 후쿠다 공동주택의 어두운 복도는 먼지가 뿌옇게 쌓여 있고, 사람이 지나다니는 중앙만 검게 빛난다. 공용 화장실이 있고 욕실은 없는 싸구려 주택이다. 약 4평짜리 부엌 달린 방에 있으면 옆방에서 라디오 듣는 소리가 들린다. 이곳이 '무라타' 분쇼가 사는 곳이다.

스물일곱 살, 겨울이었다. 나는 약혼자 분쇼에게 저녁 식사 초대를 받고는 겁을 잔뜩 먹은 채 분쇼의 집으로 향했다. 방은 열심히 청소한 흔적이 보였지만, 부엌은 예상보다 훨씬 처참했다. 처음에는 흰색이었을 부엌 매트가 회색으로 변해 널브러져 있었고, 창문에 들러붙은 갈색 기름때에는 파리 끈끈이처럼 무수히 많은 초파리가 들러붙어 있었다.

더 이상 보기 힘들어 아무 말 없이 밥상 앞에 앉았는데 분쇼가 "으앗!" 하고 비명을 질렀다. 생선회를 덜어내다가 손이 미끄러졌는지 문제의 회색 매트 위에 도미 살이 떨어져 있었다. 그는 냉큼 주워 도마 위에 올리고는 나를 향해 연신 괜찮다고 말하며 미소를 지었다.

밥이 다 되자 도미 회에, 양념장을 올린 연두부, 파와 된장을 버무린 소스와 무 샐러드, 김이 모락모락 나는 된장국이 곁들여졌다.

"잘 먹겠습니다."

지극히 평범한 요리였지만 재료의 맛은 살아 있었다. 남자가 요리를 잘하네, 나랑 너무 차이나네, 이런 생각을 하면서 밥을 먹었다.

훗날 내가 혼인신고서를 준비하는데, 분쇼가 "성은 핫토리로 하는게 어떨까?"라고 물었다.(일본에서는 결혼하면 남편과 아내 둘 중 하나의 성씨를 택해 같은 성을 쓴다. - 옮긴이) 그는 결혼하면 무조건 남자 성을 따르는 것보다 두 사람 중 더 멋진 성을 따르면 좋겠다고 예전부터 생각했다고 한다. 내가 "그렇게 생각할 수도 있구나."라고 대답하자 분쇼는 내 성을 따르기로 결정했고, 그렇게 그는 '핫토리' 분쇼가 되었다.

감나무가 있는 작은 단층집

부동산에 가서 우리는 오래된 집을 찾고 있다고 말했다. 피부가 하얗고 통통한 직원이 나오더니, 마침 지은 지 사십 년 된 단층집이 하나 있다며 미소를 지었다. 도쿄와 요코하마를 잇는 도큐 도요코선 부근, 역에서 걸어서 십 분 거리의 좁은 골목 안쪽에 자리한 단층집. 3평짜리 방이 두 개 있고, 1.5평의 부엌 옆에 2.5평의 작은 거실이 있는 구조였다.

방에 들어가자 방충망에 잿빛의 작은 벌레가 붙어 있었다.

"어? 혹바구미잖아…."

분쇼의 볼에 홍조가 띠었다.

"벌레가 있어요? 어머나, 죄송합니다."

직원이 서둘러 사과했다.

"아닙니다. 제 친구거든요."

"?!"

분쇼는 어릴 때부터 곤충을 좋아했다고 한다. 만약 다시 태어나면 혹바구미가 되고 싶을 정도로 혹바구미 팬이다. 이 집이구나 싶은 생각이 들었다.

한 달 뒤에 다시 집을 방문했더니 집이 흰색과 마린블루 색으로 페인트칠 되어 있었다. 집주인 할머니는 "젊은 사람들이 들어온다기에 페인트칠을 새로 했지."라며 뿌듯해하셨다. 우리는 너무 큰 충격을 받고 잠시 아무 말도 하지 못했다.

6월의 청명한 여름날, 분쇼의 친구가 운전해주는 2톤 트럭을 타고 새 집으로 이사를 갔다. 이삿짐을 풀자마자 분쇼는 잡지 취재 때문에 산으로 갔다.

새 집에서 홀로 보내는 밤은 마치 담력 시험 같았다. 방에 이불을 깔고 누워 이리저리 뒹굴다가 뭔가 차가운 느낌이 들어 확인해보니 민달팽이였다. 나무 창틀 틈으로 들어온 모양이었다. 민달팽이들은 화장실 벽과 방바닥에 은색으로 반짝이는 길을 그렸다. 현관 벽에는 손바닥만 한 거미가 긴 다리를 늘어뜨린 채 붙어 있었다. 벌레를 무서워해봐야 소용없다는 걸 알면서도 무서웠다. 천장은 어둠 속에서

삐걱 하고 기분 나쁜 소리를 냈다.

　침실로 정한 3평짜리 방의 유리창을 열면 흰색 페인트로 칠해진 툇마루가 있고, 좁은 마당 구석에 감나무가 한 그루 있었다. 감나무는 초봄이 되면 싱그러운 새싹을 틔웠고, 여름에는 짙은 푸른 잎을 드리워 마당에 그늘을 만들었다.

　가을이 되자 나뭇가지에 감이 주렁주렁 열렸다. 감 하나를 따서 한 입 베어 물었더니 달콤한 부유 단감이었다. 마당에서 감을 따서 먹는 사소한 일조차 내게는 꿈만 같았다.

　가을이 깊어가자 감나무는 붉게 물든 잎을 떨어뜨렸다. 마당에 쌓인 낙엽을 갈퀴로 긁어모아 자루에 담자 금세 겨울이 찾아왔다. 나뭇가지에 외로이 남아 있던 감이 익어 주인집에서 세워둔 자동차 위로 툭 떨어지는 모습을 보고 분쇼와 마주보며 웃었다.

도마뱀붙이
소심하게 움직이는
모습이 귀엽다!

작은 단층집 배치도

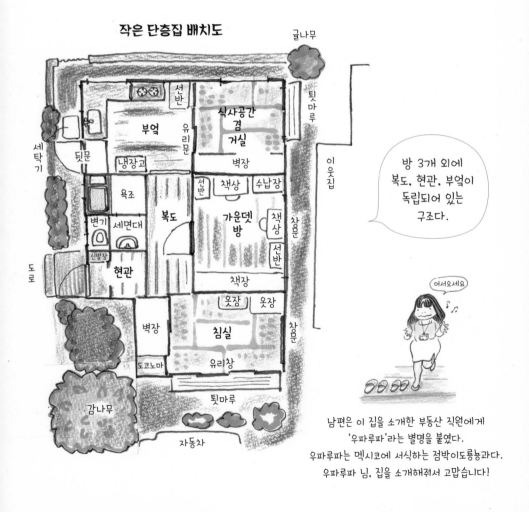

굴나무

퇴마루

이웃집

세탁기

뒷문

부엌

냉장고

유리문

선반

식사공간 겸 거실

벽장

선반

책상

수납장

욕조

복도

가운뎃방

책상

변기

세면대

신발장

현관

책장

선반

창문

도로

벽장

침실

옷장

옷장

책장

창문

도코노마

유리창

감나무

퇴마루

자동차

방 3개 외에 복도, 현관, 부엌이 독립되어 있는 구조다.

어서오세요

남편은 이 집을 소개한 부동산 직원에게 '우파루파'라는 별명을 붙였다. 우파루파는 멕시코에 서식하는 점박이도룡뇽과다. 우파루파 님, 집을 소개해줘서 고맙습니다!

드디어 가족이 완성되다!

병원에 다녀온 후 아이가 생겼다는 말을 전하자 남편 분쇼는 등을 돌린 채 "그래."라고 대답했다. 텔레비전에서 하는 축구 중계에 빠져 있었다. 내 몸의 변화를 이미 눈치챘던 남편은 딱히 놀란 것 같지 않았지만, 함께 살면서도 마음은 딴 데 가 있는 듯해 늘 불안한 마음이 들었다.

1999년 11월, 아기가 나오려는 기미가 보여 한밤중에 혼자 병원에 갔다. 다음 날 해가 중천에 떴는데도 남편의 모습은 보이지 않았다. 다시 안 좋은 예감이 들었다. 조산사가 남편은 연락이 되는지 재차 물었다. 진통을 참으며 공중전화로 가서 전화를 걸었지만 전날 등산을 하고 와서 정신없이 자는 중인지 도무지 받질 않았다. 간신히 연락이 되어 병원으로 왔지만, 졸리다면서 어디서 주워왔는지 만화 잡지를 읽기 시작했다.

드디어 그날 밤 늦게 진통 끝에 첫아들을 낳았다. 나는 별말 없이 갓난아이를 돌보았지만, 오히려 남편은 눈물을 보였다, 웃었다 하며 변화하는 감정을 연신 드러냈다. 영락없는 초보 아빠의 모습이었다. 집에 돌아와서는 아직 몸도 제대로 가누지 못하는 아기를 냉큼 자신의 이불에 눕혔다. 그러고는 "우린 이제 한 팀이야."라며 싱글벙글댔다. 아기를 바라보는 내내 아랫입술을 꾹 깨문 탓에 입술이 퉁퉁 부었다는 말도 했다. 나는 아무 걱정 없는 남편이 부러웠다.

2년 뒤, 둘째를 낳을 때 남편은 성실하게 내 곁을 지켜주었다. 하지만 아이를 무사히 낳자마자 "나 이제 가도 돼?"라며 엉덩이를 들썩였다.

둘째 아들이 태어난 날은 일요일인데, 지역 운동회가 열리는 날이었던 것이다. 남편은 마을 대항 이어달리기의 마지막 주자를 맡았다. 최근 10여 년 동안 우리 마을이 연승했기 때문에 행여나 실수하지 않도록 다들 심기일전하고 있었다. 미리 운동장에 가서 명상을 하고 몸을 푸는 모습을 해마다 지켜봤다. 그날은 "둘째도 아들입니다!"라고 외치며 우리 마을 텐트로 달려간 모양이었다. 그 후 둘째 겐지로는 마을 사람들에게 '운동회의 아이'로 불렸다.

셋째를 임신했을 때 나는 여러 의미에서 미래에 대한 불안감을 느꼈다. 그래서인지 약간 임신 우울증을 겪으며 출산일을 맞았다. 남편은 이제 출산이 익숙한지 분만실에서 조산사에게 농담을 던지기도 했다. 내게는 걱정하지 말고 긴장 풀라며 마치 주치의처럼 굴었다.

이번에는 생각지도 못한 딸이 태어났다.

남편은 버리려고 세면대 위에 둔 태반을 흥미롭게 쳐다보더니 "이거 집에 가져가도 되나요?"라고 조산사에게 물었다. 집에 가져가서 구워 먹어보고 싶다고 했다. 남편이 엉뚱한 소리를 할 때마다 나는 늘 심장이 덜컥 내려앉는다. 조산사는 전혀 동요하지 않고 "감염 위험도 있고, 여러 가지 이유로 그건 안 됩니다."라고 말했다.

피비린내 나는 출산 과정을 보는 것조차 거부하는 남자들도 있다고 하는데, 남편은 마치 이곳에서 일어나는 일을 하나도 빠짐없이 다 지켜볼 듯한 기세였다. 이런 사람이야말로 의사라는 직업에 어울리는 게 아닐까. 하얀 침대에 누워 멍하니 그런 생각을 했다.

이로써 우리 가족이 완성되었다. 우연히 모두 가을에 태어났다. 우리 가족을 집대성한 결과(?)인 딸에게는 결실의 계절인 가을에 감사하는 마음을 담아 가을이라는 뜻의 슈秋라는 이름을 지었다.

어? 아빠가 먼저 잠들어버렸네….

고독은 의외로 쉽게 해결된다

첫째 아들 쇼타로가 태어났을 무렵으로 돌아가보자.

출산한 지 한 달이 지나자 집안일을 도와주러 오셨던 양가 어머니
도 발길을 끊으셨다. 이제 우리 세 식구의 생활이 시작되는구나 싶
었는데, 남편이 연말연시에는 산에 가느라 집에 없을 거라는 말을
꺼냈다.

머릿속에는 이 사람이 우리를 내팽개치는구나 하는 생각밖에 들
지 않았다. 몇 년 전부터 남편은 연말연시에 등산가 동료들과 함께
매서운 추위가 몰아치는 도야마 현의 구로베黑部(유명한 V자 골짜기인
구로베 협곡이 있다.-옮긴이)에 가고는 했다.

첫 등반. 거기에 산 사나이들의 로망이 담겨 있는지는 모르겠지
만, 갓 태어난 자식과 함께 있는 것보다 중요한 일이 있을까.

"새해 첫날을 어떻게 도시에서 보내. 그건 산을 사랑하는 사람이
아니지."라는 말을 의기양양한 표정으로 내뱉은 순간, 나는 평생 원
망할 거라고 다짐하며 그를 외면했다.

남편이 가기로 한 곳이 눈사태가 곧잘 일어나는 험한 산이라는 것은 보통 사람들도 다 아는 사실이었다. 눈이 쌓인 경사면이 소리 없이 무너지는 장면이 머릿속에 자꾸만 맴돌았다. 텔레비전 뉴스에서는 아나운서가 북알프스(일본 혼슈에 위치한 히다飛驒 산맥 – 옮긴이)에서 잇달아 일어난 조난사고를 담담히 전하고 있었다. 조난자 가족들은 지금 어떤 심정일까.

처음 경험하는 갓난아이와의 생활은 가제 수건과 작은 코끼리 베개처럼 부드럽고 귀여운 것들로 가득했지만, 달콤하지는 않았다. 침대에 내려놓으면 울음을 터뜨려 내내 안고 있어야 했고, 수유 간격도 일정하지 않았으며, 혹시라도 덥지는 않을까 춥지는 않을까 24시간 내내 신경을 곤두세우다 보니 나는 점점 기력이 쇠했다.

어느 날, 낮잠을 자다 눈을 뜬 아기가 어찌할 수 없을 만큼 울어대기 시작했다. 부탁이니까 조용히 좀 하라고 아무리 애원해도 소용이 없었다. 몸을 뒤로 젖힌 채 더 격하게 울어댔다. 아기의 상태보다도 목이 터져라 울어대는 소리가 이웃집에 들리는 게 신경 쓰여 "제발 울지 좀 마." 하고 아기를 다그쳤다. 그래 봐야 소용없다는 건 이미 알고 있었다. 갑자기 피로가 몰려왔다. 나는 아기를 이불에 혼자 눕혀둔 채 밖으로 나왔다.

울음소리가 들리지 않는 곳으로 도망치고 싶었다. 그때 길 건너에 있는 집 창문이 열리더니 그 집 할머니가 나를 쳐다봤다. 말투는 직설적이어도 다정하신 분이다. 우리가 이사를 온 뒤 여러모로 신경을 써주셨다.

"왜 저리 우는 게야?"

할머니가 평소처럼 다정한 말투로 물었다.

"모르겠어요. 아이가 낮잠을 자고 일어나더니 갑자기 울음을 그치질 않아요."

"애가 잠투정을 하나?"

"휴우…. 정말 난감해요."

내가 대답했을 때는 이미 문제가 해결된 것 같았다. 나는 얼른 집으로 돌아갔다.

"잠투정을 하는 거구나."라고 중얼거리며 방에 들어가 아기를 안아 들었다.

걱정의 정체는 '나'

결혼 전의 일이다. 남편이 한겨울에 구로베 · 다테야마立山 연봉으로 출발하기 전이었다. 무슨 일이라도 생기면 어떡하나 싶어 안절부절못하고 있는데, 우편으로 편지가 도착했다.

"불안한 마음과 싸우며 산에 들어가. 어쩌면 죽을 수도 있다고 생각하니 몹시 두려워. 안전에 대해서는 누구보다도 내가 신경 쓰고 있으니까 괜히 부정적인 말로 재를 뿌리지 말아줘."

이런 식의 편지를 받은 것은 처음이었다. 그 전에도 그 후에도 없었다. 내가 걱정하는 마음을 '재'라고 하다니 참 너무하다 싶었다. 하지만 곧 후회가 덮쳐왔다.

생각해보니 특별한 사이에서는 무슨 말을 해도 괜찮다는 교만이 내게 있었다. 혹시라도 혼자 남겨진다는 생각을 하자 불안해서 견딜 수 없었던 것이다. 내 불안을 '널 걱정해서 그러는 거야.'라고 포장하는 나의 위선적인 행동이, 산에 가기 위해 결의를 다지는 남편의 입장에서는 받아들일 수 없었을 것이다.

"있잖아, 나는 날 걱정했던 것 같아."

"그러게 말이야. 두 번 다시 그러지 마."

"…."

설마 했는데 역시 그에게 한 소리 듣고 말았다. 걱정하는 사람의 입장도 생각해주기를 바란 내가 바보였다.

그 후 20년이 지난 지금은 이러한 삶에 익숙해져, 이제는 다른 사람의 시간을 내 의지대로 바꾸기 힘들다는 것도 잘 알고 있다. 불필요한 간섭을 '하지 않으려고' 노력한다(물론 아이들 일에는 여전히 그러기가 쉽지 않지만).

요즘은 남편이 산에 간다고 하면 등을 돌린 채로 "그렇구나." 혹은 "그래?"라고 대꾸하면서 속으로 미소를 짓는다.

엄마가 설레 하는 것만큼 가정의 평화에 효과적인 것은 없다. 나의 엄마도 늘 부엌에 오래 서서 정성껏 음식을 만들던 사람이었다. 그런 엄마가 어느 날 갑자기 라면을 끓여주면 나는 "웬일이야? 오늘은 이런 것도 먹고."라고 대답하며 평소보다 더 즐겁게 밥을 먹고는 했다. 그런 날은 아빠가 출장 간 날이었다.

세 아이의 성격

첫째 아이 쇼타로

밥상 위에서 자기가 만든
나무나무헤이 춤을 추고는 했다.

나무나무
나무나무

나무나무
헤이

꽈당 ★   크흠   으음

1살 무렵

신이 나면 멈출 줄을 몰랐다.

그런 소릴 하고 있을 때가
아니라고 했잖아.

그런 말은 어디서
들은 거야?!

부릉   3살

다른 사람을 흉내 내길 좋아했다.

이른 아침부터
밀크티를 마시며
신문을 읽었다…?

짜잔!

전.갱.이.
전갱이

생선은 모두
전갱이라고
불렀다

아빠와 떡붕어 낚시를 하러 간 날
2살

엄청나게
고집이 세다!

사과~~
사과 살 거야~~
사과 살 거라고!

158엔

아이가 떼를 쓰면
부모도 괜히 더
엄해진다.

안 살 거야!!

역시 고집은 아빠를
쏙 빼닮았다.

사줘-

어린 시절의 남편

둘째 아이 겐지로

여자아이? 설마….

내 여동생이다. 귀여워~

직감이 좋다.

이 이

이이 봐! (이것 봐!)

한 단 올라갔다

관심받고 싶어 한다.

엄마가… 귀여워져라~

아이는 엄마가 웃길 바란다.

센스 있는 대사력

쿵

ㅇㅇㅇ….

에잇~

콰

쾅

기운이 좋다.

책상에 화풀이

막내딸 슈

엄마, 톳 좋아해? 나는 정말 좋아하는데.

많이 담을까?

뭐야, 왜 던져!

정리 좀 하라 그랬지!

툭하면 싸우는 형제

마이페이스

다리와 허리 힘이 좋다.

방긋

올라올래?

치카 치카

오랴가.

출근 전 →

읏지

끄응

도 도 도

살아 있다는 것, 인생의 가장 아름다운 풍경

남편이 홋카이도의 지붕이라 불리는 히다카日高 산맥 단독 종주에 도전했던 여름, 시간당 170밀리리터의 호우를 동반한 태풍이 홋카이도 남부를 직격했다. 태풍이 지나간 뒤에도 연락이 없고, 출발한 지 2주일이 넘도록 편지 한 통 없었다. 그때까지 느껴보지 못한 위기감이 덮쳐왔다.

집 앞 골목에서 당시 4살이던 쇼타로와 2살 겐지로를 풀장에 넣어두고 있는데, 이마에서 흘러내린 땀이 눈에 들어갔다.

남편이 혹시 죽은 걸까? 아니야, 그럴 리 없어.

살아 있지만 연락을 못하는 걸까? 아니면 죽어서 연락을 못하는 걸까?

그렇게 두 가지 가정을 오가며 고민을 거듭하다 기진맥진해졌을 때쯤, 전화벨이 울렸다.

"나야, 살아 있어. 지금 산에서 만난 대학생에게 휴대전화를 빌린 거라 길게 통화는 못해⋯."

연결이 불안정해 목소리가 띄엄띄엄 들리다 갑자기 뚝 끊어지고 말았다.

"여보세요?!"

연락이 오고 나서 2주일쯤 더 지난 뒤에야 남편은 가까스로 산에서 내려왔다.

"아빠가 집에 오신대!"

엄마가 갑자기 기운을 차려서인지, 아이들이 이리저리 바삐 뛰어다녔다. 수염이 덥수룩한 산 사나이가 커다란 배낭을 등에 짊어진 채 집으로 돌아왔다. 욕실에서부터 복도까지 비누 냄새가 섞인 수증기가 가득했다. 널어놓은 빨래가 바람에 흔들렸다. 저녁 밥상에는 가다랑어 회, 말린 잔멸치, 낫토, 된장국, 몰로헤이야 나물이 올라왔다.

"당신이 없는 동안, 나 정말 힘들었어."

푸념을 잔뜩 늘어놓고 싶었지만, 꾹 참고 그렇게만 말했다. 남편은 고개를 들고 씩 웃으며 말했다.

"아니, 내가 더 힘들었지."

남편은 항상 정확한 사실밖에 말하지 않는다. 공감하는 회로가 망가진 사람 같다.

무언가에 이끌려 모험을 떠나는 사람. 이제 막 한 가족이 되었는데도 집에 돌아오기만을 하염없이 기다려야 하는 사람. 좋아서 선택한 길이지만, 언제부턴가 "왜 이런 일을 하는 건데?"라며 마치 남의 일처럼 투덜대며 살아간다.

그럼에도 모험가가 긴 여정을 끝내고 가족의 품으로 돌아오는 광경은 인생에서 가장 아름다운 모습으로 내 마음에 새겨져 있다.

남들의 시선

아이들이 자라서 유치원에 다니기 시작하자 사람들 눈이 신경 쓰이고 셋집살이가 눈치 보이기 시작했다.

신축 아파트에 사는 세련된 분위기의 엄마들이 부러웠다. 볕이 잘 들지 않는 단층집, 안에 들이지 못한 세탁기…. 나는 난생처음으로 '평범한' 사람들을 질투하고 원망했다.

남편은 꾸준한 등산과 집필 활동을 통해 자신의 세계를 구축하고 있었다. 그는 주변 일에 전혀 신경 쓰지 않을뿐더러 흔히 말하는 아빠의 역할에 전혀 관심을 보이지 않았다. 입학식이나 운동회 같은 행사는 전부 나 몰라라 했다.

가끔 유치원에 아이를 데리러 가준 것은 좋았지만, 10년 넘게 입어 여기저기 기운 외투에 게다를 신은 차림으로 나갔다. 일부러 그러는 것이라는 생각밖에 들지 않았다.

"왜 그런 차림으로 유치원에 가는 거야?"

"이러면 안 돼? 그런데 이상하게 다들 나를 피하더라."

그런 남편을 부끄러워하는 나 자신에게 충격을 받았다. 내게는 실생활과 가족의 인간적인 모습보다도 다른 사람의 시선이 중요했던 것이다.

갖은 문제(남편과의 의식 차이나 주거 문제)를 떠안은 채 이를 제대로 소화하지 못하다 보니, 나도 모르게 삐뚤어진 생각을 하고 말았다.

"이런 허름한 집에 살아서야 친구를 부를 수도 없다고."

"이 집은 절대 허름하지 않아. 그렇게 생각하는 당신 마음이 문제인 거지."

내가 투덜대면 남편은 딱 잘라 말했다.

이번에도 그의 말이 맞았다.

동네 친구가 생긴다는 것

그날도 장을 보다가 별것 아닌 일로 아이와 실랑이를 벌여, 언짢은 기분으로 고개를 숙인 채 걷고 있었다.

완전히 어두워진 좁은 길을 유모차를 덜덜 밀며 가고 있는데 집게를 든 웬 젊은 엄마가 "바비큐를 하는 중인데 괜찮으면 먹고 가지 않을래요?"라고 말을 건넸다.

쾌활한 사오리와 부잣집 도련님 같은 남편 히로시는 8인 가족으로, 우리 집에서 세 블록 떨어진 대각선 맞은편에 살고 있었다. 그 부부와의 만남을 계기로 집에만 틀어박혀 있던 우리 모자의 생활이 차츰 바뀌었다.

"남편 분이 쓰레기를 들고 우리 집 앞을 지날 때 '저 사람 치마를 입었잖아?' 하고 할머니랑 집 안에서 구경했지 뭐야."

사오리가 말했다.

"아하하, 그거 말이지."

사오리가 말한 치마는 남편이 그 무렵 자주 걸치고 다녔던 인도에서 사온 룽기라는 하의였다. 남편은 회사 근처에서 불심검문을 받은 적도 있었다. 유별난 남편의 복장을 함께 흉볼 수 있는 사람이 생긴 것뿐인데도 근심거리였던 '별난 남편'이 '사랑해야 할 연인'으로 여겨지기 시작했으니 참으로 신기한 일이다.

동네 친구와의 교류는 유별나게 신경을 쓰지 않는 이상 즐겁기만 하다. 사오리네 집에서 수다를 떠는 소소한 휴식 시간이 얼마나 마음을 편하게 해주었는지 모른다. 남편처럼 잡담이라고는 모르는 남자와 살다 보면 특히나 그 시간이 소중하게 느껴진다.

휴일에 아이들은 시간이 날 때면 사오리네 집으로 우르르 몰려갔다. 남자아이들은 사오리의 남편 히로시와 함께 게임을 하고, 밖에만 나가면 소심해졌던 세 살배기 막내 슈는 사오리의 딸 유나, 가즈하와 함께 소꿉놀이를 하기 시작하면서 말이 부쩍 늘고 표정도 다양해졌다.

점심때가 되면 어떻게 하냐고? 커다란 냄비에 스파게티 면을 삶은 다음, 토마토소스를 사다 버무리면 손쉽게 점심 한 끼가 해결되었다. 차가운 보리차를 마시면서 다 함께 수다를 떨고 스파게티를

유나의 거리

먹다 보면 마치 산에서 합숙이라도 하는 듯한 기분이 들었다.

우리는 집 앞 골목을 '유나의 거리'라고 불렀다. 세발자전거와 작은 손수레를 타며 놀던, 아이들의 함성이 가득했던 그 길에는 분필로 긴 노선이 그려졌다.

하지만 힘차게 달리는 기관차처럼 바삐 돌아가는 생활을 하면서 그 시절은 서서히 과거의 일이 되었다. 나도 어린 시절에 그렇게 놀았던 기억이 있다. 그 무렵이 가장 행복했다는 생각에 늘 그때로 다시 돌아가고 싶어진다.

사오리와 히로시 부부가 아이들과 함께 놀아주기도 하고 혼내기도 하는 모습을 보며 내가 할 수 있는 일은 뭘까 고민하게 되었다. 유나의 거리에서 보낸 날들 덕분에 우리 가족은 한층 성장할 수 있었다.

서바이벌 등산가의 탄생

2006년에 남편이 첫 책을 출간했다.

《서바이벌 등산가》. 표지 속에서 남편은 생선 껍질을 입으로 벗기며 씩 웃고 있다.

또 잔뜩 폼을 잡고 있다. 아이들이 정신없이 뛰어다니고 장난감과 기차 모형 등이 어지럽게 널려 있는 2.5평짜리 거실에 앉아 떨리는 마음으로 책장을 넘겼다. 남편이 쓴 산행기를 읽으면서 흥미진진한 이야기에 순식간에 빠져들었다. 하지만 역시나 그동안 목숨이 위태로울 만큼 위험한 일에 도전했다는 사실을 알고 나자 속이 쓰렸다.

남편에게는 집요한 구석이 있다. 어린 시절 어머니와 형이 괴롭혀서 힘든 시절을 보냈다는데, 오래전의 일이건만 그는 그 일을 평생 마음에 담아두고 있다. "언젠가는 사람들이 나한테 찍소리도 못하게 하겠어."라는 말도 종종 한다. 이렇게 야망과 복수심을 숨기지 않고 드러내는 모습이 예전에는 어른답지 않게 느껴져 불쾌했다.

하지만 '이놈들, 어디 한번 두고 봐.'라는 마음으로 그가 얼마나 노력해왔는지에 대해서는 나는 몰랐다.

《서바이벌 등산가》를 읽어나가다 나는 그만 할 말을 잃고 말았다. 이 사람은 이제껏 죽을 각오로 열심히 해왔구나. 등산과 집필 활동 을 하며 살겠다는 남편의 결심이 책에서 온전히 느껴졌다. 현실에 만족하는 나와 남편 사이에는 영원히 메울 수 없는 틈이 있었다.

책 출간을 계기로 남편은 미디어에 소개되는 일이 늘어났다.

"나는 아쿠타가와상이나 나오키상을 탈 거야."

남편은 내게 프러포즈할 때 이렇게 선언했지만, 세상은 그리 호락 호락하지 않은 법이다. 남편이 앞으로도 출세를 하지 못한다면 그냥 미친놈이 되는 걸까…. 몹쓸 생각이 잠시 머릿속을 스쳐 지나갔다.

사회에서 어느 정도 인정을 받으려면 어느 지점까지 도달해야만 한다. 남편은 세상이 알아주지 않아도 가족끼리 힘을 내자고 항상 말했다. 하지만 그런 기대와 희망이 깨지는 데는 오랜 시간이 걸리 지 않았다.

2010년 여름, 회사와 산을 오가며 빡빡한 일정을 감행하던 남편은 〈정열 대륙〉이라는 프로그램을 촬영하던 중 남알프스(일본 혼슈에 위치한 아카이시赤石 산맥－옮긴이) 산골짜기에서 미끄러 떨어져 큰 부상을 입었다.

유치원생과 초등학생이었던 아이들과 함께 다급히 신칸센을 타고 시즈오카 시내에 있는 병원으로 달려갔다. 남편은 출혈이 생긴 폐에 튜브를 꽂고 피가 묻은 붕대를 머리에 감고 절뚝거리며 걸어왔다.

사고 직후 피칠갑을 한 영상이 전국에 방송되었다. 소란이 일었지만 얼마 지나지 않아 아무 일도 없었다는 듯이 조용해졌다.

미디어를 통해 정보가 퍼져나가면 얼마간은 사람들에게 강한 인상을 남기지만, 대부분은 서서히 잊힌다. 남편은 자신만의 스타일로 세상에 덤볐고 나름 복수하는 데 성공했을지 모른다. 하지만 이용당하고 소비당하는 험한 세상에 발을 들여놓게 된 것이다. 자신을 드러내고 살아가려 하는 한, 그 대가로 무언가를 잃을 수도 있다는 뜻이다.

운이 나빴다면 산골짜기에서 떨어져 죽었을지도 모를 사람이 집으로 돌아왔다. 힘겹게 이불 위에 누워 얕은 숨을 쉬는 상처투성이의 남편은 우리에게 '현실'이었다.

먼가 생각
중이다 →

딸깍

딸깍

남편의 겨울철 옷차림

• 등산용 털모자
• 재수생 시절부터 입은 한텐*
• 구멍이 난 트레이닝 바지
• 게다

* 일본 전통 방한용 외투

아빠의 말은 이내 아들의 경험이 된다

아빠가 너무 활동적인 탓인지, 아이들은 오히려 차분한 편이다. 가끔 휴일에 "얘들아, 가재 잡으러 가자." 하고 남편이 아이들을 꾀어내기도 한다. 아이들은 영문도 모른 채 집을 나서서 남편이 가고 싶어 한 인근 강가의 유료 낚시터로 끌려가곤 했다.

아이가 자라면서 바깥에서 친구들과 어울리는 일도 많아졌다. 그런데 남편은 아이와 아이의 친구들과 공놀이라도 하게 되면 전력을 다해 결국은 이기고야 만다. 여기서 끝이 아니라 그다음에 "야호! 내가 이겼다!" 하며 뛸 듯이 기뻐하는 것이다. 아이 친구가 "니네 아빠는 진짜 어른스럽지 못해."라고 말한 적도 있다.

유치원 마당에서 공을 있는 힘껏 던지며 놀다가 원장 선생님에게 혼나는가 하면, 초등학교 운동장에서 덩크슛을 하는 등 차마 말로 다할 수 없는 많은 일이 있었다. 제발 부탁이니 평범하게 있어달라고 나는 진심으로 빌었다.

내 친구를 붙잡고 "화장이 너무 진한 거 아니에요? 쥐 잡아먹은 사람처럼 입술이 너무 시뻘게요."라고 말했을 때는 엄마들에게 비웃음을 샀다. 남들은 속으로만 생각하고 입 밖으로 절대 꺼내지 않는 말을 남편은 조금의 망설임도 없이 훅 꺼낸다. 위험을 최대한 피하려는 사람은 시시한 사람이고, 어쩌면 남편의 솔직한 태도가 맞을지도 모른다. 함께 있는 사람들을 당혹스럽게 하는 남편의 모습이 그의 문제인 동시에 매력처럼 느껴지는 이유다.

첫째 아이가 유치원에 다닐 무렵, 겨울이 되자 남편이 "애를 데리고 목욕탕이라도 갈까?" 하고 말을 꺼냈다. 어, 그럼 뭘 챙겨야 하나 싶어 내가 갈팡질팡하고 있는 사이에 남편은 슈퍼마켓 비닐봉지에 수건이며 갈아입을 옷을 툭툭 담더니 아들을 자전거 뒤에 태우고 사라졌다.

갑자기 조용해진 집에서 오랜만에 느긋하게 시간을 보내고 있었다. 한참 뒤에 현관문 여는 소리가 들리더니 파란 외투와 털모자를 쓴 아이가 뺨이 발갛게 물든 채 돌아왔다.

"목욕탕, 엄청 따뜻하고 좋았어. 다음에는 엄마도 같이 가자."

그렇게 아이들은 아빠와 함께 나가면 산에 올라갔다 오든, 새벽시장에 다녀오든, 마치 엄청난 일을 해낸 듯한 표정으로 돌아왔다.

부엌이 말을 걸다

집에서 부엌은 중요한 장소다. 매일 부엌을 정리하거나 채소를 손질해서 삶거나 찌면서 여러 가지 일들을 생각한다. 나는 특히 그렇다.

아이들이 잠든 후, 오래된 얇은 유리창이 바람에 조심스레 흔들리는 부엌에서 빨래를 하고 있자니 문득 외할머니가 떠올랐다.

외할머니는 내가 태어나기 한 달 전에 돌아가셨다. 내가 외할머니를 어찌나 빼닮았는지 나를 보고 외할머니가 환생했다고 말하는 사람도 있었다.

외할아버지는 초등학생 때 몇 번 뵌 게 전부였지만, 인자하게 웃으시던 모습과 편지지 매수를 표시할 때 숫자 대신 벚꽃을 그려 넣으셨던 것이 기억난다.

불교미술 연구자였던 외할아버지는 성격이 까다로운 분이어서 외할머니가 많이 고생하셨던 모양이다. 어머니는 항상 외할머니가 정성과 시간을 들여 만든 요리는 정말 맛있었다고 말했다. "빵을 썰어 크루통을 만들어 수프에 얹어 먹었지." 이런 이야기로 짐작해보건 대, 몇십 년 전이지만 외할머니는 교양 있는 세련된 부인의 모습이 었나 보다.

외할머니는 당신의 방식대로 어머니를 키웠고, 그런 어머니가 나를 키웠다. 이제 엄마가 된 나는 어떨까. 그러자 문득 외할머니의 삶이 무척 가까이 느껴져 나는 그날 밤 부칠 수도 없는 편지를 썼다. 그렇게 고생을 하시고도 마지막까지 열심히 살다 가신 외할머니에 게 감사의 마음을 전하고 싶었다.

우리는 이미 이 세상에 없는 사람들과 어떤 식으로든 연결되어 있고 무언가를 공유하고 있다. '개인'은 있는 듯 없는 존재이고, 단지 몸속에 흐르는 '피로 살아가고 있다.'는 생각이 들 때가 있다. 아무리 힘들어도 부엌에 서서 뭔가를 만들고 정리할 수 있는 것은 내가 아니라 내 몸속에 흐르는 피 덕분인 것이다.

혼자 있을 때 유난히 신경이 예민해질 때가 있다. 그럴 때면 지나간

시간을 살았던 사람들, 특히 여성들의 그림자가 마음속에 깊이 드
리운다.

한밤중에 부엌에서 나는 그녀들에게 조용히 말을 건넨다.

2.5평 거실의 휴일 풍경

2장

동물의 목숨은
나의 생명이 된다

뉴트리아

언덕 위 우리 집

집주인 할머니가 돌아가신 후, 할머니의 가족들이 우리가 살고 있는 단층집에 살기로 했다는 소식을 듣고 우리는 이사 갈 곳을 찾기 시작했다.

우리가 살던 동네는 이미 삶의 일부나 다름없었다. 이 근방에 좋은 집이 없을까. 가능하면 신축이 아니어도 단독주택을 사서 우리 가족에게 맞추어 고쳐가며 살고 싶었다.

하지만 이 동네는 아무리 오래된 주택이라 해도 큰돈이 필요했다. 우리가 부동산에 제시한 예산은 3천만 엔 이하였다. 그 말을 들은 부동산에서는 코웃음을 치면서(그런 느낌이었다) 잇달아 별난 물건을 소개했다.

쾌활한 성격의 부동산 중개인은 원래 살던 단층집에서 10분 정도 언덕을 올라간 곳으로 우리를 데려갔다.

집이 언덕의 경사면에 '얹혀' 있었다. 베란다에 붙어 있는 철제 사다리 계단을 따라 나무와 풀이 울창한 경사면을 내려가면 콘크리트

기둥 네 개가 집 전체를 떠받치고 있었다. 집과 경사면 사이에는 사람이 등을 구부리면 지나갈 수 있을 만한 빈 공간이 있었다. "이 집, 떠 있는 거죠?" 이런 위태로운 집에 누가 살겠나 싶어 나는 웃었다.

하지만 남편은 비탈진 곳에 있기는 하지만, 자유롭게 쓸 수 있는 토지 80평(게다가 택지가 아니어서 별도의 돈이 들지 않는다)이 딸려 있다는 데 매력을 느낀 듯했다. 매매를 전제로 아이들과 그 집에서 잠을 자보는 등 잔뜩 신이 나 있었다. 혹시 누가 봐도 팔릴 것 같지 않은 집을 우리가 사게 되는 건 아닐까? 내심 걱정이 앞섰다.

내진 진단 후, 전문가 아저씨가 진지하게 말했다.

"내진 공사를 하면 집이 풀썩 주저앉는 일은 없을 겁니다. 하지만 모르타르 토대가 꺾일 만큼 큰 지진이 발생하면 그때는 이 경사면이 통째로 무너지지 않을까요? … 자산 가치는 하나도 없네요. 다른 부분은 뭐, 사람마다 생각이 다르니까요."

사람마다 생각이 다르다는 말이 살기 나름이라는 말로도 들렸다. 결국 우리는 이 집을 사기로 결심했다.

지어진 지 50년 가까이 된 가옥은 구조가 약했기에 내진 공사를 하기로 했다. 그 김에 계단과 화장실 위치를 옮기고 기둥이 썩어가던 욕실을 부수고 새로 짓는 등 예상보다 공사 규모가 커졌다. 다다

미를 걷어내고, 그 대신 남편이 19세기 말에 어느 양잠 가게에서 사용했다는 오래된 송판을 사와서 바닥에 깔았다.

집에 놀러온 첫째 아이의 친구들까지 다 함께 낡은 벽에 발려 있던 모래를 벗겨냈다. 집을 고치는 과정 중에서도 특히 산에서 퍼온 흙, 규사, 안료 등을 회반죽에 섞어 손으로 직접 벽에 펴 바르는 작업은 나를 사로잡았다.

녹슨 선반에 페인트를 칠하고 맹장지盲障(빛을 차단하기 위해 두꺼운 종이를 바른 문)와 명장지明障(채광에 좋도록 얇은 창호지를 바른 문)에 창호지를 다시 바르는 일도 난생처음 해봤다. 전문가처럼 완벽하게 하지는 못해도 공들여 작업하면 생활의 질이 올라간다. 무엇보다 직접 해야 불만이 생기지 않는다. 돈을 주고 누군가에게 맡겨 이런 경험을 놓치기는 너무 아까웠다(그 사실을 알면서도 자꾸만 돈으로 해결하고 싶은 마음이 들기는 한다).

이사를 한 후에는 남편이 친구의 도움을 받아 벽난로를 설치했다. 비탈진 언덕에 자리한 탓에 이웃집과 멀리 떨어져 있다 보니 벽난로가 생각났다고 했다.

난로를 설치했지만 웃풍이 심했다. 그럼에도 난로 주변에는 기분 좋은 온기가 감돌았기에 가족들이 모여 앉아 고구마를 구워 먹고 물을 끓이고 피자를 굽는 등 겨울철에 즐길 수 있는 별미가 늘어났다. 동일본 대지진이 일어나 정전이 되었을 때도 벽난로는 변함없이 활활 타올랐다. 오로라처럼 이리저리 흔들리는 불꽃과 붉은빛을 발하는 숯불을 보고 있노라면 불꽃이 사람의 일생처럼 보여 나도 모르게 멍하니 바라보게 된다.

계절마다 비탈진 마당에 있는 나무를 찾아오는 물까치나 동박새 같은 들새와 너른 하늘에 걸린 달도 이 집에서 누리게 된 생각지 못한 호사였다.

"이제 와서 좋다고 해봤자 늦었어. 당신은 처음에 반대했잖아."

남편은 여전히 얄미운 소리를 한다.

집을 조금씩 고쳐 나가다

나무와 풀이 울창한 마당,
이런 곳에서 살 수 있을까?

2009년 11월
언덕 위의 집 공사 현장,
1층 골조가 보여 즐겁다.
나는 수도 주변 기둥에 감물*을 바른다.
남편은 마루에 깔 널빤지를 자른다.
2층에서는 4학년 남자아이들이
카드게임을 하고 있다.

* 목재에 바르면 방부제 역할을 한다-옮긴이

간이 사다리

욕실이 될
공간

귀틀

위-잉

마당의 나무를 자르는 남편

아빠!

창호지를 다시 바른다.

다 함께 복도 벽에 회반죽을 바른다.
손으로 직접 마음대로 펴 바르면 되는 즐거운 작업이다.

샐러리맨 사냥꾼

아직 단층집에 살던 2005년의 일이다. 남편이 "수렵 면허를 딸 생각이야."라고 말한 적이 있었는지 기억이 가물가물하지만, 그 무렵 남편은 수렵 면허를 따느라 바빠 보였다. 일단 마음먹으면 그는 행동으로 옮겼다.

우리 집 벽장에는 남편이 초등학생 시절에 수집한 권총 모형 컬렉션이 보관되어 있다. 사람들이 흔히 말하는 밀리터리 마니아였다. 남편은 수렵에 관한 역사와 사상을 책이나 잡지에 발표하고 있다. 자기 전에 라이플총 책자를 들여다보는 모습을 보고 있으면 그냥 총이 좋아서 사냥하는 게 아닐까 싶기도 하다.

주변 사람들은 "용케도 반대하지 않으셨네요." 하고 말하곤 한다. 내가 둔한 걸까 아니면 불화를 일으키고 싶지 않은 걸까. 본인이 하고 싶어 하는 일만큼은 하게 해야 한다고 생각한다. 그래서 "가족들이 반대해서 그만두었어요."라고 말하는 사람을 볼 때면 그럴 수도 있나 싶어 놀라기도 한다. 사냥을 할 거라는 말을 듣고도 딱히 실감이 나지는 않았다. 혹여나 잘못해서 사람을 쏘지는 않을까, 그것만 은 걱정이 되었다.

남편은 야마나시 현에 있는 수렵 협회(료유카이猟友会. 야생 동물 보호 와 수렵 사고 방지 대책 등을 다루는 법인—옮긴이)의 회원이 되었다. 사 냥을 마치면 회원들끼리 똑같이 나눈 사냥감을 배낭에 담아서 버스 나 전철을 타고 집으로 돌아왔다.

깔끔하게 포장되어 슈퍼마켓에 진열되어 있는 고기와는 달리, 비 닐봉투에 담긴 피투성이 고깃덩이는 고기가 죽은 동물의 일부라는 사실을 고스란히 말해주고 있었다.

사슴 고기 한 덩어리를 얇게 썰어 구워 먹어봤다. 잡내가 심해서 신경이 쓰였다. 몸은 낯선 음식을 경계했다.

2년 뒤에는 고기뿐 아니라 수사슴의 머리를 들고 왔다. 남편은 사 슴의 머리 고기와 뇌까지 먹어보겠다고 했다. 집 안에 갓 잡은 사슴 의 머리가 있다는 것은 상당히 충격적이었다. 이웃집에서 쓸모없어 진 대용량 파스타 냄비를 얻어서 거기다 사슴 머리를 넣고 삶았다.

당시 2살이었던 딸아이는 아빠가 사슴의 뇌를 아이스크림처럼 숟 가락으로 떠주자 "더 더." 하고 병아리처럼 입을 크게 벌렸다.

고기가 들려주는 이야기

사냥을 시작한 지 3년째가 되던 해부터 남편은 수렵 협회를 나와 혼자 사냥하기 시작했다. 팀을 짜서 사냥개와 함께 사냥감을 쫓는 '몰이사냥'과는 달리, 혼자 하는 사냥은 오랜 시간 사슴이 나타나기를 기다리는 '잠복 사냥'인 경우가 많다고 한다.

인간의 존재를 눈치채기 전에 재빠르게 숨통을 끊었다고 하는 사슴 고기를 먹어보니 맛있었다. 사슴이 사냥개에게 쫓기다 보면 전신 근육에 피가 돌고 스트레스 물질이 분비되어 맛이 떨어진다고 한다.

사슴 고기의 맛에 눈을 뜨자 원시적인 감정이 싹트기 시작한 나는 남편이 사냥을 갈 때마다 기쁜 마음으로 배웅하게 되었다.

사슴 고기는 개체마다 맛의 차이가 크기 때문에 운과 때가 맞아야 한다. 두 살배기 암사슴을 잡은 날은 정말 운이 좋은 것이다. 다 자란 수사슴을 잡은 날은 "약간 질긴데." "잡내가 좀 나는걸." 하고 투덜대면서도 질겅질겅 씹어 먹었다. 새끼를 낳은 암사슴은 고기가 퍽퍽해서 맛이 좋지 않다. 사람으로 치면 비슷한 처지인 나로서는 안타까운 심정이 들기는 한다. 무엇보다 잔혹한 사실은 다들 "맛있다!"고 칭찬하는 고기는 어린 사슴의 고기라는 점이다.

사슴 고기는 담백한 붉은 고기로, 씹으면 숲의 향기가 입 안 가득 퍼진다. 나는 고기의 맛이 그동안 사슴이 어떻게 살아왔는지 말해준다는 사실을 깨달았다. 공장형 축산 시설에서 대량 생산되는 값싼 고기는 아무 말도 하지 않는다. 마치 고무를 씹는 것 같다. 고기뿐 아니라 우리가 맛있다고 느끼는 곡식과 채소도 아마 좋은 환경에서 정성과 시간을 들여 키웠을 것이다.

사슴 고기는 불필요한 지방이 없어서 마치 운동선수의 근육 같다. 만지면 탱탱한 탄력이 느껴져 방금 전까지 산속을 뛰어다녔던 약동감이 전해진다.

동물로서의 나는 어떤 존재일까.

이제껏 생각해본 적도 없었던 의문이 머릿속에 떠올랐다. 뱃살을 잡아보니 통통한 것이 맛없을 것 같다. 그런 생각을 하다 보니 건강한 사람은 맛있어 보이고 건강하지 않은 사람은 맛없어 보인다는 생각까지 하게 됐다.

사슴 고기를 일주일에 두세 번 정도 먹으니 몸에 활력이 넘쳐 뛰어다니고 싶어졌다. 인간은 음식에 담긴 생명을 나누어 받아 살아가고 있다.

할 수만 있다면 앞으로도 대화를 나눌 수 있는 음식을 먹고 싶다. 학교에서 주입받은 지식보다도 '음식' 그 자체가 인생의 중요한 열쇠를 쥐고 있는 것이 아닐까 싶다.

대가족이 사는 집이나 사슴 고기를 좋아하는
사람에게는 다리 하나를 통째로 준다.

사슴 고기를 먹으면… 몸에 활력이 넘친다!

사슴에게 받은 생명을 이용해
열심히 살아야겠다는 생각이 든다.

다양한 사슴 고기 요리

구이

소금·후추를 뿌려서 표면이 살짝 탈 만큼 구운 다음
난로 위에 올려 푹 익힌다.
유자 폰즈 소스나 고추냉이를 넣은 간장에 찍어 먹자!

사슴 고기는
레어로 먹는 것을
추천한다.

간 무

마늘 간장

젊은 사람에게 인기가 많다!
순식간에 사라진다.

사슴 고기 로스트

소금·후추를 뿌려 살짝 굽는다

등심이나 다릿살 같은
덩어리 고기로 만드는 별미!

사슴 고기 피자

소금·후추를 뿌린 고기를 말려서 피자 토핑으로 사용한다.

사슴 고기는 담백하기 때문에
토핑으로 사용하면 고급스러운 피자가
완성된다.

된장 조림

지방이 있는 가슴살을 사용한다.
배추·무 등과 함께 조린다.
마늘·생강을 듬뿍 넣는다.

동물을 해체하다

동물을 해체할 수 있는 공간이 생기자 남편은 사슴을 통째로 들고
오기 시작했다.

야생 고기를 보존하기 위해 바깥에 냉장고를 마련했지만, 그래도
사슴을 여러 마리 잡아오는 날에는 전부 보관할 수가 없다. 그럴 때
는 이웃에 사는 친구들에게 고기를 함께 해체해 집으로 가져가라고
한다. '사슴을 잡았습니다. 원하는 사람은 저희 집으로 와주세요.'라
고 단체 문자를 보내면 사슴 고기를 좋아하는 사람부터 의대에 진학
하기 위해 미리 공부 삼아 동물을 해체해보려는 사람, 가죽을 원하
는 사람까지 다양한 사람들이 모여든다.

해체 작업에는 잘 드는 칼과 도마, 소독액, 스테인리스 쟁반, 키친
타월, 비닐봉지 등이 필요하다. 사슴을 감나무에 매단 다음, 가죽을
벗기고 앞다리와 뒷다리를 잘라낸다. 그 후에 등심 같은 덩어리 고
기를 발라내기 시작한다. 여기까지는 남편에게 부탁하고 다른 사람

들은 데크에서 정육 작업을 한다.

　근육의 구조를 알게 되면 칼을 어떤 식으로 사용해야 고기에 가급적 손상을 입히지 않고 뼈에서 발라낼 수 있는지 자연스럽게 생각하면서 손질하게 된다. 이 작업을 할 때마다 늘 칼은 훌륭한 도구라는 생각을 한다.

　척추 주변의 등심과 안심, 다리살은 부드러운 붉은 고기로, 얇게 썰어 살짝 굽거나 약한 불에 덩어리째 구워 먹으면 맛있다. 지방이 남아 있는 가슴살이나 정강이살은 압력솥에 넣고 푹 익히면 질긴 힘줄이 살살 녹을 만큼 부드러워지고 맛도 깊어진다. 사슴 고기를 많이 먹어본 사람들은 머리 고기도 무척 좋아한다.

　해체를 할 때 일손이 부족해지면 아이들도 돕는다. 발굽이 달린 다리가 도마 위에 올라가 있는 모습을 보고는 "또 이거야?"라고 하면서 칼로 잘라나간다. 그런 식으로 다듬어진 고기를 분쇄기에 넣고 갈아서 만두나 햄버그스테이크를 만들어 먹으면 많던 고기도 순식간에 동이 난다.

　그리고 나면 살점이 약간 붙어 있는 다리뼈만 남는데, 베란다에 매달아놓으면 참새가 쪼아 먹으러 온다.

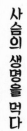

사슴의 생명을 먹다

차에서 사슴을 내린다.

감나무에 사슴을
매단 다음 해체를 한다.
다리를 먼저 잘라낸 다음
몸통을 처리한다.

우아!

사슴아,
자는 거야?

보기 거북한 광경이지만
이 작업을 거치지 않고서는
고기를 먹을 수 없다.

그래서…

수다를 떨면서
차근차근 고기를 잘라 나누는 여성들.
고기가 잘 썰리는 페티 나이프를
사용하면 수월하게 작업할 수 있다.

제가 할게요!

이웃에 사는
대학생

사슴 머리 해체.
혀 부위는 인기가 많다.

소분한 고기를
키친타월로 싸서
비닐봉지에 넣는다.

이대로 냉장실이나
냉동실에 보관한다.

Thankyou♪

사슴 가죽

사슴 가죽으로 뭘 만드는 걸까?

첫 사냥

평소에 남편은 혼슈 중남부 야마나시 현의 산간 지방에서 사냥을 한다. 고기를 먹기만 하지 말고 한 번쯤은 사냥하는 광경을 보고 싶다는 생각에 나도 동행하기로 했다.

피난 오두막에서 눈을 뜨자 남편과 딸이 그날의 계획을 짜고 있었다.

"먼저 도토리 광장에 갔다가… 목장도 한번 보고 올까?"

"응. 전에도 거기에 있었잖아."

초등학교 6학년이 된 딸아이 슈는 이번이 세 번째 사냥인데, 이제는 사냥꾼의 딸이 다 된 것 같다. 요즘은 갑자기 어른스러워지더니 나를 보살펴주기까지 한다.

산길은 얼어 있거나 낙엽이 쌓인 곳이 많아 걷기가 쉽지 않았다. 산짐승과 마주치려면 산짐승이 다니는 길을 그들처럼 자유자재로 다닐 수 있어야 한다.

계곡 주변에 쌓인 눈이 빛에 반사되어 눈이 부시다. 쓸쓸한 겨울 산을 걷는 일에도 그럭저럭 익숙해져서 신나게 걷고 있다가 문득 깨달았다. 만약 여기에서 사슴을 잡으면 주차장까지 운반해야 하는구나. 그게 얼마나 힘든 육체노동인지 상상하는 건 어렵지 않았다. 도저히 무리야. 못 잡아도 괜찮아.

봄기운이 엿보이는 햇살이 조릿대가 가득한 낮은 비탈을 감쌌다.

갑자기 총성이 울리더니 화약 냄새가 바람을 타고 전해졌다. 낮잠을 자던 사슴이 표적이 된 걸까? 평화로운 산속에서 살생이 벌어지려 하자 두려운 마음이 들어 나도 모르게 사슴에게 '도망쳐!' 하고 마음속으로 외쳤다. 남편과 딸아이가 사슴을 쫓아 대밭을 뛰어 올라간다. 나는 쫓을 기력도, 체력도 없다. 잠시 후 "놓쳤어."라며 두 사람이 돌아왔다. 우리에게는 허탕친 날이 되었지만, 사슴에게는 평화로운 하루가 되었을 것이다.

만약 우리가 사슴을 잡았다면 엄마를 잃은 새끼 사슴은 산속을 헤매며 울었을지도 모른다. 사슴들의 사회 같은 것이 있다면 희생된 사슴의 죽음이 알려질 것이다. 사슴을 죽인 범인은 무시무시하게 생긴 핫토리 분쇼다. 인간끼리 이런 일을 벌인다면 그건 전쟁이다.

결국 그날 사냥을 제대로 경험해보지 못했지만, 나는 그 후로도 아무렇지 않게 고기를 먹고 있다는 사실을 깨달았다.

사냥의 현실

79

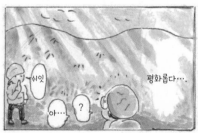

살생은 나쁘기만 할까

《생명을 잊지 말아요》라는 책이 있다. 원저자 사카모토 요시키는 구마모토에 있는 도축장에서 일한다. 저자의 초등학교 3학년 아들은 학부모 참관 수업이 있던 날, 사회 수업 시간에 다양한 직업에 대해 이야기할 때 아버지가 정육점에서 일하신다고 발표했다.

아이가 수업을 마치고 집에 돌아가려는데 담임선생님이 부르셨다.

"시노부, 왜 아버님이 정육점에서 일하신다고 했니?"

"그야 도축장이라고 하면 듣기 좀 그렇잖아요. 저도 한 번 가봤는데 온통 피로 가득해서 싫었는걸요."

"시노부, 너희 아버님이 그 일을 하지 않으시면 선생님도, 너도, 교장 선생님도, 회사 사장님도 고기를 먹을 수 없단다. 아버님은 큰 일을 하고 계시는 거야."

선생님의 말을 들은 아이는 얼마나 기분이 좋았을까. 아이는 집에 돌아가 "아빠가 하는 일은 참 대단해."라고 말한다. 저자는 동물을 죽이는 일이 힘들어서 그만두고 싶었지만, 아들의 말에 일을 좀 더 계속해보고 싶은 마음이 생긴다.

아이와 선생님이 주고받은 대화가 내 마음을 울렸다. 사냥을 하는 일도, 잡은 사냥감을 해체하는 일도 전부 쉽지 않다. 남편이 나서서 그런 일을 하는 모습을 보다 보면, 내가 동물의 생명을 받아 살아간다는 것과 나를 대신해 오늘도 누군가가 동물을 죽이는 일을 하고 있다는 사실에 대해 생각하게 된다.

그럼에도 살생에는 늘 개운치 않은 기분이 따라다닌다. 사슴을 해체하고, 남은 사슴 머리가 데크에 굴러다니고, 베란다 울타리에 사슴의 생가죽이 널려 있는 광경은 이제 보기만 해도 지긋지긋하다. 마침 산책을 하러 나온 개가 사슴의 피 냄새를 맡고는 거칠게 짖어댔다. "왜 그래? 짖지 마." 개 주인이 우리 집 데크를 엿보더니 흠칫 놀라는 기색이다.

남편이 회사에 가면 나는 사슴 해체 후 남은 흔적이 남들 눈에 띄지 않게 슬며시 감춘다.

오늘 점심은 뉴트리아 도시락

　사슴이나 멧돼지 한 마리가 통째로 들어오면 '야호, 이걸로 한동안 먹고살 수 있겠네.' 하는 생각이 들어 솔직히 기쁘다. 동물을 해체하고 고기를 먹을 때면 다들 자연스레 미소를 짓는다. 하지만 이런 광경을 일상적으로 볼 수 있는 것은 아니다. 사냥으로 생계를 꾸리는 것은 아니고 가끔 일어나는 특별한 일이다.

　돼지고기나 닭고기도 다 맛있는 식재료다. 닭튀김, 삼겹살과 채소볶음. 옛날부터 익숙해진 맛은 마음을 편안하게 해준다. 아이러니하게도 야생 고기를 먹다가 그 사실을 깨달았다.

　남편이 집을 비운 날 밤이었다. 갑자기 우울함이 몰려와 삼겹살과 배추를 넣고 전골을 만들었다. 아이들이 "돼지고기나 닭고기는 참 잘 만든 것 같아." 하고 진지하게 말했다. 나는 그 말에 "그러게 말이야." 하고 고개를 크게 끄덕였다.

　사람들이 질리지 않고 계속 먹고 싶어 하도록 고기가 '만들어져'

있다. 용기에 포장된 고기를 다시 찬찬히 살펴보니 곧바로 요리할 수 있도록 얇게 썰어 적당한 양을 담아놓았고, 맛이 크게 떨어지지도 않는다. 돈을 내면 내 손을 더럽히지 않고 이렇게 쉽게 고기를 구할 수 있으니 유혹을 뿌리치기란 쉽지 않다. 우리도 만들어진 고기에 길들여진 가축일까.

갖은 고생 끝에 커다란 짐승의 숨통을 끊어 짊어지고 오는 사람과 그것을 받아먹기만 하는 사람 사이에는 깊은 간극이 있다는 것을 느낀다.

생협에서 주문한 택배가 도착한 날, 내가 집을 비운 터라 남편이 포장을 뜯고 식품을 냉장고에 옮겨 넣었다. 돼지고기와 닭고기도 많이 샀다. 집에 돌아온 후 뭔가 불길한 예감이 들더라니 역시나 남편이 한마디 했다.

"고기가 이렇게나 많은데 뭐 하러 또 사?"

"아니, 애들 도시락도 싸야 하고."

웃어넘기려 했지만, 잘 되지 않았다.

"사슴 고기만 먹으면 아무래도 질리잖아."

"그럼 사슴, 멧돼지, 뉴트리아를 번갈아 싸주면 되잖아."

"헉…."

이러저러하는 사이에 남편이 오카야마 현 인근의 강에서 뉴트리아 여덟 마리를 잡아왔다. 제발 좀 참아주었으면 했다. 예전에도 뉴트리아 고기를 먹은 적이 있지만, 그다지 맛있지 않았다. 포유류의 일종인 유제류(발굽이 있는 포유류 동물)인 사슴은 의외로 순순히 식료품으로 받아들였지만, 뉴트리아는 카피바라를 닮아서인지 먹고 싶지 않았다. 어느 나라에서는 별미라고 하니 이것도 관습의 문제일 것이다.

차갑게 늘어져 있는 뉴트리아들에게는 미안했지만, 지금은 고기를 사고 있을 상황도, 남편에게 불평을 늘어놓을 상황도 아니었다. 에라 모르겠다 싶어 뉴트리아 튀김을 잔뜩 만들어 도시락 반찬으로 넣어봤다. 학교에서 돌아온 아이들에게 어땠냐고 묻자 "평소와 비슷한 맛이었는데. 그냥 맛있었어."라고 했다. 다행이다 싶었다.

딸아이는 학교에서, 첫째 아들은 학원에서 아빠가 잡아온 커다란 쥐 튀김을 먹고 있다고 생각하자 '뭐, 나쁘지 않네.' 싶어 피식 웃음이 나왔다.

3장

닭과 함께하는
날들

우리 집에 병아리가 생겼다!

2012년, 남편은 늘 그랬듯 '야성적인 감'이 작동했는지 비탈진 마당에 닭을 키울 생각을 했다. 사슴을 해체할 때 나오는 잡육을 닭의 먹이로 쓸 수 있다고도 했다. 닭을 키우기 전에 아이들 교육이 먼저라 생각했는지 병아리 그림책을 여러 권 사서 아이들에게 주었다.

"내가 닭을 돌볼래!" 역시나 계획한 대로 둘째 아들이 외치자 "나도~" 하고 막내딸이 거들었다. 첫째는 동물을 싫어하는 것은 아니지만, 번거로운 일에는 나설 마음이 없는지 멀리서 동생들이 소란 피우는 모습을 지켜보았다.

남편은 이야기를 꺼낸 지 얼마 되지 않아 냉큼 병아리를 사왔다. 별생각 없이 병아리 책을 읽고 있던 나는 그제야 정신이 번쩍 들면서 걱정을 하기 시작했다. '이웃집에 피해가 가지는 않을까?' '조류독감은 괜찮을까?' 등등 한없이 부정적인 생각만 하고 있던 차에, "키울 수 없게 되면 내가 책임질게."라는 남편의 말을 듣는 순간, 남편이 통닭구이 하고 있는 모습이 떠올라 마음이 더 복잡해졌다.

요즘은 병아리나 울타리도 전부 인터넷으로 주문하는 시대다. 팔다 남은 '로드 아일랜드 레드'라는 적갈색 닭을 골랐다. 미국에서 채란용으로 품종 개량된 닭이라고 한다. 암평아리 다섯 마리가 3천 엔이었다. 원하면 수평아리 한 마리를 서비스로 준다. 물론 남편은 수평아리도 함께 보내달라고 했다.

생물은 택배로 받지 못하고 운송회사로 받으러 가야 한다. '구입한 물건은 스스로 옮긴다. 옮기지 못할 물건은 가급적 사지 않는다.'가 우리 핫토리 집안의 모토로, 항상 그랬듯이 남편과 아들들이 자전거를 타고 출발했다.

집에 병아리들이 도착했다. 상자 안에서 병아리들이 삐약삐약 울면서 돌아다니는 소리가 들렸다. 태어난 지 일주일밖에 안 된 병아리들은 아직 체온 조절을 스스로 못하기 때문에 보온 물주머니를 넣은 상자 안에서 키운다. 상자 밑에는 우리 집에서 절대로 쓰지 않는 전기장판까지 깔아서 그것만으로도 후끈후끈했다. 병아리들은 겨울이 되면 가벼운 동상에 걸리는 우리 아이들보다도 극진한 대접을 받았다.

솜털이 짧게 올라온 병아리의 머리에서는 새로운 생명의 냄새가 났다. 병아리를 산다고 했을 때 안 좋은 소리만 늘어놓았던 게 떠올라 왠지 미안했다.

3월에도 추운 비가 내리면 벌벌 떠는 병아리(중에서도 꼬맹이)가 있어 한밤중에 보온 물주머니를 바꿔주기도 했다. 아이들은 마당에 나가 병아리들이 먹을 만한 것을 찾아다녔다. 둘째 아들은 구실잣밤나무 열매를 주워와 믹서기에 갈아서 모이를 만들었다. "이거 먹을까? 앗! 먹었다!" 동물을 키우면 아이들이 자연스럽게 생명을 위하는 일들을 하게 된다.

병아리는 잘 돌아다니고, 잘 먹고, 잘 쌌다. 톱밥 대신 깔아놓은 신문지를 잘게 찢어서는 다리로 차고 다니면서 먹이를 찾는 행동을 하기도 하고, "어흥!" 하고 겁을 주면 순식간에 한쪽 구석으로 달려가 고개를 파묻고 숨어버렸다.

저녁 일곱 시가 되면 병아리 집은 순식간에 고요해졌다. 아무 소리도 나지 않아 살그머니 상자 틈으로 살펴보면 병아리들이 술에 취한 사람처럼 축 늘어져 쿨쿨 자고 있었다.

다음 날, 상자에서 활기차게 뛰어나온 병아리는 크게 한 바퀴를 돌더니 날개를 펼쳤다. 초등학교에 비유하자면 일주일 만에 한 학년 올라간 셈이다. 자라는 속도는 너무 빨라 무서울 정도였다.

보송보송했던 병아리 시절이 순식간에 지나가고, 뽀얀 털 사이로

군데군데 갈색 털이 올라오기 시작했다. 털이 지저분하게 섞인 덥수룩한 모양새가 빈말로라도 귀엽다고 할 수는 없었다. 어른이 되려는 시기에 괜히 점잔을 피우거나 장난치는 모습은 사람이나 병아리나 다를 게 없다는 생각이 들었다.

병아리들이 무럭무럭 자라는 동안, 비탈진 마당에서는 남편이 망치질을 하며 닭장을 만드느라 분주했다.

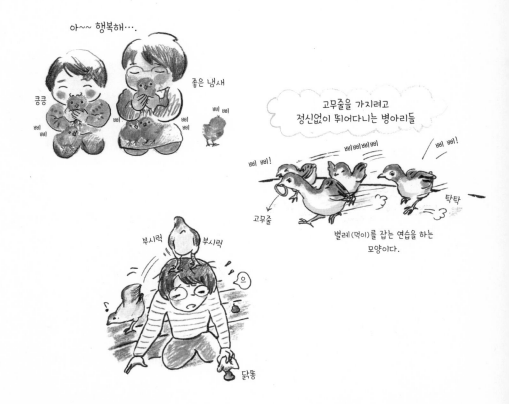

아~~ 행복해….

콩콩

삐삐

좋은 냄새

삐삐 삐삐

삐 삐

고무줄을 가지려고
정신없이 뛰어다니는 병아리들

삐삐삐삐삐

삐 삐!

삐 삐!

탁탁

고무줄

벌레(먹이)를 잡는 연습을 하는
모양이다.

부시럭 부시럭

으

닭똥

킹의 등장

주문한 대로라면 수평아리가 한 마리 있어야 했다. 그게 바로 추위에 벌벌 떨었던 '꼬맹이'였지만, 전혀 수탉 같지가 않았다. '암탉처럼 볏이 작은 수탉도 있나 보다.' 하고 생각했다. 혹시라도 울까 봐 밤에도 방음이 잘 되는 우리에 따로 두었다. 생후 5개월이 지난 어느 날 아침, 꼬맹이가 우리에 알을 낳았다.

얼마 후 와카야마 현의 양계장에서 보낸 진짜 수탉이 도착했다.

상자에서 꺼낸 수탉은 예상한 것보다 몸집이 크고, 검은색과 녹색이 섞인 아름다운 꼬리깃을 지닌 당당한 모습이었다. 그 모습을 본 아이들은 "크다!" "우아!" "멋있다!"라며 감탄하고 있었는데, 곧바로 가슴을 쭉 펴더니 "꼬끼오!" 하고 울어댔다. "이야….." 감탄이 절로 나왔지만, 그와 동시에 엄청난 울음소리를 듣게 될 이웃을 생각하니 벌써부터 불안했다.

수탉에게는 '킹'이라는 이름을 붙였다. 수탉의 역할은 자신의 영역을 지키고 암탉들을 안전히 보호하며, 그들과 교미를 하는 것이다.

킹은 이미 산비탈을 자유롭게 돌아다니기 시작한 암탉들을 쫓아 다녔지만, 양계장에서 나고 자란 탓인지 조금만 경사가 져 있으면 쉽게 넘어졌다. 사람들이 남긴 밥을 열심히 쪼아 먹는 암탉들의 모습을 멀리서 황당하다는 듯이 바라봤다.

암탉들에게 무시당하는 것처럼 보였던 킹은 무슨 생각이 들었는지 매일 가슴을 펴고 서 있었다. 나는 약간 허술한 구석이 있는 킹이 차츰 좋아졌다. 수탉이 들어오자 암탉들이 조금 긴장한 것 같아 보기 좋았다.

킹은 남편을 발견하면 타다닥 하고 빠르게 달려가 뒤에서부터 훌쩍 날아올라 거센 발톱이 달린 다리로 찌르듯이 공격했다. "왜 그래, 킹. 나 지금 바쁘단 말이야." 남편은 귀찮아하며 상대해주지 않았지만, 가끔 살짝 반격을 하면 킹은 후다닥 도망가서는 순순히 일인자의 자리에서 내려와 이삼 일 정도 얌전히 지냈다. 자신의 영역 한쪽 구석에 주저앉아 수심에 잠겨 있는 모습을 보면 서글픔이 느껴지는 것이 연기자가 따로 없었다.

마당에는 작은 공룡들이 산다

어린 닭의 머리에는 볏이 살짝 나 있다. 따뜻한 봄날, 어린 닭들을 처음으로 마당에 풀어놓았다. 닭들은 아이들처럼 이곳저곳을 두리번거리며 나무와 풀 사이를 돌아다니기 시작했다.

몸에 비해 큰 발가락으로 흙을 헤집어 먹이를 찾거나 바싹 마른 흙으로 장난을 쳤다. 닭은 흙을 무척이나 좋아한다.

그림책에 나올 법한 광경에 감격해 느긋하게 사진을 찍을 수 있는 것도 고작 한순간이었다.

닭들은 부엌에서 내놓은 채소 껍질, 찻잎, 찬밥 같은 음식물 쓰레기를 모조리 먹어치워 준다. 남기는 건 양파 껍질 정도다. 특히 고기만 보면 눈이 돌아간다. 작은 고기 조각이라도 발견하면 덥석 물고는 작은 티라노사우루스 같은 모습으로 뛰어간다. 발이 꽤 빠르다. 사슴의 뇌를 정신없이 쪼아 먹는 표정에서는 광기마저 느껴진다.

남은 음식물만으로는 부족했는지 어린 닭들은 마침내 마당에 심어놓은 것들을 닥치는 대로 쪼아 먹기 시작했다. 열심히 기른 채소와 꽃이 순식간에 헐벗겨졌다. 그뿐 아니라 울타리 위로 날아오르고, 좁은 곳을 비집고 들어가고 마당을 빠져나가 버린다. 웬일로 마당이 조용하다 싶으면 역시나 이웃집 마당에 가서 서성이고 있었다.

그럴 때면 아이들은 철망을 넘어가거나 비탈길을 미끄러지듯 내려가서 일일이 잡아오곤 했다. 가끔은 행방불명되는 녀석이 있어서 매일같이 닭들이 벌이는 사고를 수습하기 바빴다.

그런 사고뭉치 녀석들도 해가 질 무렵이면 닭장으로 돌아왔다. 옆으로 나란히 앉아 몸을 둥글게 웅크린 닭들은 낮에 아무 일도 없었다는 듯 까만 눈으로 하늘을 바라보며 하나둘씩 잠들기 시작했다. 평화롭고 바람직한 하루의 끝이었다.

킹이 바라본
핫토리 집안 사람들

라이벌
분쇼

킹,
발로 차지
좀 마.
나 지금
바쁘다니까.

집을 비울 때가
많지만
집에 있을 때는
묘하게 으스대는
아저씨

꼬
오
꼬
꼬

푸드덕

임전태세
내가 너보다 위라는 사실을
어떻게든 깨닫게
해주겠어.

어?
킹이다.
오랜만이네.

가~끔
창 너머로
보이는 모습

낯선 젊은이
쇼타로

수발 담당 고유키

처음에는 나를 보더니
겁을 냈다.

밥 먹을래?

이쪽으로
오지 마.

덜덜덜

톡

지금은 집 안에
들여보내주기도 하고
맛있는 것도 준다.

쌀을
쏟았으니까
이리 좀
와봐.

마음에 들지 않는 녀석
겐지로

킹, 비켜.

이 녀석은
아저씨랑 비슷한
냄새가 나.
왠지 마음에
안 들어!

탁
탁
탁

슈

걸핏하면
이 몸을 아기 취급하는
여자아이

노곤

쓰담

아~
기분 좋다.

이웃과의 문제

주택이 밀집한 지역에 살다 보니 마음대로 결정할 수 없는 부분이 있다. 벽난로를 설치할 때는 연기가 나오기 때문에 미리 이웃에게 양해를 구했지만, 닭을 키우는 일은 타이밍을 놓쳐서 이사를 마친 후에도 미처 이야기를 꺼내지 못했다.

수탉은 새벽뿐 아니라 한낮에도 이웃집까지 들릴 만큼 우렁찬 울음소리를 토해낸다. 마을 자치회장님이 찾아와 "핫토리 씨, 닭을 키우나요?"라며 난처하다는 듯이 웃었다. 수탉 울음소리가 시끄럽고, 암탉들이 멋대로 들어와 마당을 헤집어놓는다고 이웃에 소문이 난 모양이었다. 이사 온 지 얼마 되지 않았기 때문에 대체 뭐하는 사람들이냐는 말이 나와도 전혀 이상하지 않았다.

서둘러 갓 낳은 달걀을 들고 동네를 돌며 인사를 했다. 남편이 "시끄러우면 언제든지 말씀해주세요. 목을 졸라버릴게요."라며 목을 긋는 시늉까지 해가며 쓸데없는 소리를 했다.

어느 날 정오가 지났을 무렵, 비탈진 마당에 흩어져버린 닭들을 한데 모으고 있었다. 옆집 창문이 열리고 할머니가 이쪽을 쳐다봤다. '아차, 저 집에는 아직 인사를 드리지 못했는데.' 나는 얼굴이 새파래지고 말았다.

"아니, 왜 닭들을 풀어 키워요? 수탉이 얼마나 시끄러운지 몰라."

나는 거듭 사과를 한 다음, 닭들을 양쪽에 끼고 집으로 돌아왔다. 이웃에게 혼난 충격이 어찌나 컸는지 한동안 닭장에 들어가 멍하니 있었다. 주택가에서 닭을 키우는 건 역시 과한 일이었나.

정신을 차리고 며칠 뒤에 남편과 함께 햇차와 밤양갱을 들고 인사를 하러 갔다. 역시나 할머니가 쌀쌀맞게 문을 열어주었다. 그다음 날부터 우리는 닭들이 다시는 탈출하지 못하도록 철망을 새로 치고 울타리를 만드느라 분주했다. 닭들이 이렇게 활동 영역을 넓히는 시기는 어린 닭일 때뿐이라는 걸 한참 후에야 알았다.

이 일로 이웃 사람들에게 말 한마디를 건네는 것이 얼마나 중요한 일인지 절실히 깨달았다. 결과적으로는 닭을 계기로 동네 사람들과 어울리게 되었다.

"닭을 키우는 집에 살고 있는 핫토리라고 합니다. 늘 시끄럽게 해서 죄송합니다." 이제는 자기소개를 할 때 닭들에게 도움을 받고 있다.

마당을 망가뜨리는 닭들

북 북
우적 우적
범인
그거 내 피망인데~

마당에 나온 어린 닭

쿄쿄
꾸꾸
꼭꼭
신기한 울음소리

생후 2~3개월이었을 때의 모습

흙 목욕 하기 딱이네. 고마워.

헉?!
내 화분이ㅠ

어? 상추가 없잖아!
딸기도 사라졌어!

만신

창이

으악~
블랙!

아랫집 Y씨의 정원

콕
콕

하지 마~!!

예뻐했던 '모아'를 먹다

동물을 키우는 일은 관찰하는 것에서 시작한다. 함께 살다 보니 암탉 여섯 마리 모두 털 색깔이나 걸음걸이, 볏의 모양이 다르고 각자의 개성이 있다는 것을 알게 되었다. 다리에 색이 다른 고무줄을 하나씩 묶고, 이름도 적당히 붙였다.

초등학교 3학년이었던 딸아이 슈는 고무줄을 확인하지 않고도 한눈에 닭을 구분했다. 그걸 어떻게 아냐고 묻자 "얼굴을 보면 알지." 라는 대답이 돌아왔다. 둘째 아들 겐지로는 닭을 돌보겠다고 약속했지만, 지금은 새로 산 게임에 빠져 있다.

병아리 시절부터 상냥한 '모아', 삐쩍 마르고 가만히 있질 못하는 '블랙', 낮잠 자기를 좋아하는 '민들레', 장난기가 많고 영리한 '퍼플', 새침한 표정으로 심술을 부리는 '꼬맹이'. '모모'는 체중이 많이 나가 다리가 안쪽으로 휜 데다 늘 물똥만 싸던 시원찮은 닭이었다.

모아는 슈와 가장 사이가 좋았던 녀석이었다. 학교에서 돌아오면 모아를 안고 어딘가로 가서 남편과 내게 말할 수 없는 시험 점수 같은 비밀 이야기를 했던 모양이다. 모아의 등에 난 부드러운 깃털에 눈물을 닦을 때도 있었다.

모아가 상냥해서인지 킹은 모아를 자주 쫓아다녔다. 어느 일요일 밤, 내가 장을 보고 집에 돌아오자 겐지로가 "엄마, 안 좋은 소식이 있어요."라고 말했다. 데크에 나갔더니 이미 남편이 모아의 목을 자르고 거꾸로 매달아두었다. 슈가 마당 연못(낡은 수조를 땅에 묻어 물을 채워두었다)에 떨어져 있던 모아를 발견했다고 한다. 딸아이는 집에서 기르는 동물의 죽음에 익숙해져서인지 조용히 눈물을 흘리고 있었다.

우리는 모아를 해체한 다음, 몸통에 채소를 채워 벽난로에서 통째로 구웠다. 예뻐했던 동물을 먹은 것은 이번이 처음이었지만, 노릇노릇하게 구워진 고기는 풍미가 깊고 맛이 있었다.

가족처럼 함께 지냈던 모아가 죽고 나자 어이없게도 '맛있는 닭고기'가 되었다. 거기에 모아의 개성은 없었다. 별생각 없이 먹은 고기도 어디선가는 저마다 다른 개성과 표정을 지니고 살아온, 핑크라는 이름의 돼지, 삐약이라는 이름의 닭이었을 것이다.

그날 이후, 나는 고기를 먹기 전에 '어떤 분이신지는 모르겠지만, 잘 먹겠습니다.' 하고 머릿속으로 잠시 생각하는 습관이 생겼다.

핫토리 집안의
초대(初代) 닭들

흠
그렇군.

퍼플

가장 몸이 가벼우며
운동 신경도 좋고 영리하다.
단독 행동을 좋아하며
독자적인 루트로
돌아다니길 좋아한다.

아야

모모

이유는 모르지만 지저분한
엉덩이를 사람이 있는 쪽으로
돌리고 있을 때가 많다.

모아

온화한 성격. 상냥해 보여서 모두에게
사랑받았지만, 연못에 떨어져 일찍 죽는
바람에 핫토리 가족에게 먹히고 말았다.

블랙

수다스럽고, 먹이를 들고 가면
가장 먼저 달려오는 호기심이
많은 닭. 이름은 블랙이지만
색소가 부족해서 블랙이 낳은 알은
흰색에 가까웠다.

뭐야?
먹는 거야?

이야
난 먹이가
아니라고!

콕 콕

등을 보이면 무조건 쫀다.

꼬맹이

'닭 중에도 미인이 있구나'
하는 생각이 절로 드는 암탉.
얌전을 떨지만, 사실 성격은
고약하다 (약한 녀석을 괴롭히고,
불만이 많다).

꼬맹이를 수탉이라 생각해서
매일 밤마다 우리에 넣어
두었는데

닭장 안에
수탉용으로 만든
개인실

4개월 후

꽥
(실례 좀 할게!)

꼬맹이

꼬맹이가
달걀을
낳았어!

머리에 빨간 마크가 찍혀 있었다.
이게 수컷이라는 표시였을까?
병아리일 때는 추위에 벌벌 떨었다.
"이러다 죽겠어!!
따뜻한 물 가져와!"

벌
벌

꼬옥
꾹
꾹

사람에게는
가까이 가지 않는다.

기운을 차리면
갑자기 활발해진다.

팟
팟

충전 중

꾸벅

민들레

어디서든지 금세 몸을 둥글게 말고
휴식을 취한다.
온화한 성격이라
아이들에게도 인기가 많았다.

킹은 민들레를
좋아해?!

어

킹

닭들 중에 유일한 수탉.
크고 늠름한 체격 덕분에 위엄 있어 보이지만
조금 허술한 구석이 있어 암탉들이
잘 상대해주지 않는다.

닭들과 마음을 나누다

암탉 여섯 마리의 행동을 매일 관찰하다 보면 퍼플이 다른 암탉에
비해 영리하다는 것을 알 수 있었다. 제일 먼저 눈에 띈 점은 퍼플이
단독 행동을 좋아한다는 점이었다. 무리를 지어 다니는 다른 닭들과
는 확연히 달랐다. 뭔가 생각을 한 다음 혼자 밖으로 나갔다.

퍼플은 인간의 행동을 관찰하고, 닭들이 밖으로 나가지 못하도록
울타리를 칠 때마다 "이게 뭐야?" 하고 날아서 훌쩍 뛰어 올라갔다.

내가 마당에 쪼그려 앉아 작업을 할 때면 내 등을 밟고 올라와 어
깨에 앉기도 했다. 어깨에 앉히기에는 너무 무겁고 발톱 때문에 많
이 아팠다. 하지만 닭과는 마음을 나눌 수 없을 거라 굳게 믿어왔던
나로서는 퍼플의 그런 행동이 나를 알아봐준 것처럼 느껴져 가슴이
떨렸다.

무더위가 이어진 8월의 어느 날, 퍼플이 창문을 통해 집 안으로 들
어와 방석에 앉았다. 집에 에어컨은 없지만 바깥보다는 훨씬 시원했

을 것이다. 퍼플은 물과 먹고 남은 수박을 조금 입에 대더니 곧 꾸벅 꾸벅 졸다가 잠이 들었다. 안색도 깃털색도 좋지 않아서 이러다 죽는 건 아닐까 싶었다. 딸아이와 상태를 지켜보았는데, 일주일 정도 집 안에 머무르더니 다시 닭장으로 돌아갔다.

　닭장으로 돌아간 지 며칠이 지난 뒤, 퍼플이 다시 툇마루로 찾아왔다. 모기장을 열자 뭐라고 중얼거리더니 방으로 들어와 내 무릎에 올라와 앉았다. 감사 인사를 하러 온 것 같았다.

　퍼플처럼 사람에게 관심을 보이는 닭, 꼬맹이처럼 사람에게 절대 다가오지 않는 닭. 누군가를 바보 취급할 때 닭대가리라는 표현을 사용하지만, 매일 말을 걸고 닭들이 하는 말에 귀를 기울이다 보면 저마다 성격이 다른 것을 알 수 있다. 닭들을 풀어 키운 덕분에 저마다의 개성과 능력을 발휘한 것이라 생각한다.

퍼플이 아프다

더위를 먹은 건지…
기운이 하나도 없는 퍼플.
아무것도 먹지 않고, 물만 좀 마시면서
며칠 동안 꼼짝도 하지 않았다.

좀 먹어봐.

겐지로

지렁이를
잡아올게!

나

기운이 날 거야.

매앰 매앰

머엉——

수박만 조금 먹었고,
눈이 풀려 있었다.

다 나았어?

끄덕

살이 1.5kg까지 빠졌다.

그동안 감사했다고 인사하러 온 걸까? 퍼플의 마음이 전해져 가슴이 뭉클했다.

몇 주 뒤 퍼플이 찾아왔다.

꼬로로로 꼬로로로

실례 합니~다

몸이 좋지 않았던 여름으로부터 1년 반 뒤, 드디어 작별의 순간이 왔다.

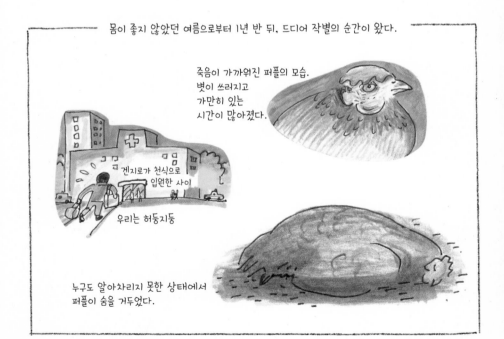

죽음이 가까워진 퍼플의 모습. 볏이 쓰러지고 가만히 있는 시간이 많아졌다.

겐지로가 천식으로 입원한 사이

우리는 허둥지둥

누구도 알아차리지 못한 상태에서 퍼플이 숨을 거두었다.

첫 달걀과 음식물의 선순환

엄마가 문득 예전에 회색 얼룩이 있는 닭을 키웠다고 했다. 처음 듣는 이야기였다. 우리 집 닭이 피운 소란 때문에 이웃집에 사과하러 갔을 때도 나이 지긋하신 분들은 "우리도 예전에 닭을 키워서 그런지 옛날 생각도 나고 좋네."라는 말을 하셨다. "아버지가 시켜서 늘 바닷가에 나가 닭 모이로 쓸 조개껍데기를 줍고는 했지." 이런 말을 들을 때면 이웃집 할머니의 소녀 시절 풍경이 눈앞에 떠오르는 것만 같았다.

애니메이션 〈빨강머리 앤〉은 훌륭한 작품이다. 딸아이와 함께 다시 봤더니 초록색 지붕을 한 집 앞 마당에서도 닭을 키우고 있었고, 마릴라가 앤을 위해 만들어준 맛있는 음식도 통째로 구운 닭이었다. 10년 전의 시골을 배경으로 한 영화나 소설에는 닭이 종종 등장한다. 예전에는 별생각 없이 봤지만, 이제는 그 상황이 이해가 가니 왠지 기뻤다. 닭은 만국 공통어 같은 것인지도 모르겠다.

병아리들은 하루가 다르게 쑥쑥 자랐고 4개월이 지난 어느 날 아침, 마침내 슈가 첫 달걀을 닭장에서 꺼내왔다. 아직 온기가 식지 않은 달걀을 보니 닭의 생명의 일부였구나 하는 생각이 들었다.

육수를 낸 후 건져낸 멸치, 채소 찌꺼기, 오래된 찬밥, 조개껍데기 같은 음식물 쓰레기가 닭의 몸을 거쳐 달걀이 되어 또다시 내 입에 들어오는 선순환을 상상할 수 있었다.

신축 아파트에는 디스포저라는 장치가 싱크대에 달려 있어 음식물 쓰레기를 분쇄해서 물과 함께 흘려보낸다고 한다. 집에 '닭 디스포저를 두면 음식물 쓰레기를 배출하지 않고 맛있는 달걀도 얻을 수 있을 텐데…'라는 비현실적인 상상을 해본다.

계단을 내려와 닭들이 있는 비탈진 마당으로 가면 닭들이 뭐라도 주는 줄 알고 나를 쫓아온다. 그런 모습이 귀엽기도 하고, 하루 종일 알아서 돌아다니게 내버려두어도 되니 손이 갈 일이 전혀 없다.

생김새나 생활 방식에 야생의 습성이 여전히 남아 있는 닭은 매력적인 생활을 함께할 수 있는 좋은 파트너다.

흙 목욕이 좋아

화창한 날, 햇볕이 잘 드는 마당에서
흙을 몸에 끼얹는 닭들.
발로 몸에 흙을 뿌려가며
조용히 흙 목욕을 즐기고 있다.

흙을 쪼아 먹기도 한다

킹이 '아주 가끔' 이런 무방비한 자세를
취할 때가 있다.
늘 닭들의 영역을 지키고 있는 킹이
잠시나마 취하는 휴식

처음 봤을 때는
죽은 줄 알았다!

여름 한낮의 일

설마…

음식물 쓰레기가 달걀이 되다

음식물의 선순환

맛있는 달걀이 된다!

부엌에서 나온 음식물 쓰레기가…

쌀겨, 채소 찌꺼기 등

아하하

무려 20kg

음식물 쓰레기만으로는 부족해서 배합 사료를 사고 있다.

찌릿

도대체 그런 걸 왜 사는 거야?

백색 레그혼

이제 와서 "아, 그런 거야?" …하고 납득했다.

흰색 달걀은 흰색 닭이 낳은 달걀이라고 한다.

갈색 달걀은 로드 아일랜드 레드 같은 적갈색 닭이 낳는 달걀이다.

알에서 태어난 생명들

암탉은 수탉이 없어도 무정란을 낳는데, 킹이 온 덕분에 유정란을 얻을 수 있게 되었다. 로드 아일랜드 레드는 알을 품는 본능을 잃은 품종이라서 인공 부화에 도전하기로 했다. 인공 부화기를 구입한 후, 생명력이 있어 보이는 달걀 열한 개를 넣고 전원을 켰다.

일주일이 지난 뒤, 어두운 곳에서 손전등을 비추어 살펴봤더니 생명이 싹튼 듯한 달걀이 여덟 개 있었다. 하지만 마지막 한 개를 다시 되돌려놓으려다 손에서 미끄러지고 말았다. 바닥에 달걀이 떨어지면서 끔찍한 소리를 냈다. 내가 비명을 지르기도 전에 남편이 고함을 질렀다. 그렇게 생명이 한순간에 사라져버렸다.

딱 21일째가 되던 날, 껍질 속에서 희미하게 삑삑 하고 우는 소리가 들렸다. 초등학교 3학년 딸아이가 흥분을 감추지 못하고 "나 오늘 학교 안 갈래!" 하고 외쳤다. 껍질에 난 작은 구멍 사이로 부리가 살짝 보였다. 병아리는 이제 달걀의 가운데 부분을 일직선으로 쪼아서 스스로 알을 깨고 나와야 한다.

껍질을 깨다가 중간에 포기하는 병아리도 있다. 껍질을 깨고 나오기는 했지만 제대로 서지 못하고 깃털이 축축하게 젖은 채로 몸이 식어가는 병아리도 있었다. 나는 힘을 내라고 조심스레 말을 걸었다. 운명은 병아리가 지닌 생명력에 맡길 수밖에 없었다. 스스로 껍질을 깨지 못하는 병아리는 끝까지 살아남지 못할 것이다.

무사히 태어난 다섯 마리는 얼마 후 깃털이 완전히 말라 우리가 알고 있는 폭신폭신하고 동글동글한 모습의 병아리가 되었다.

또다시 병아리들과의 시끌벅적한 생활이 시작되었다.

사람도 많아서 북적거리다 보니 생각지도 못한 사고가 일어났다. 내가 볼일이 있어 외출했다 돌아왔더니 병아리 한 마리가 보이지 않았다. 불길한 예감이 들어 보온 물주머니를 치우자 몸 절반이 깔려서 꼼짝도 못하고 있는 병아리가 나타났다. 내가 상자 안에 물주머니를 여러 개 넣어둔 탓에 물주머니가 쓰러지면서 병아리가 그 사이에 깔리고 만 것이다.

숨이 끊어진 생명은 두 번 다시 되살릴 수 없다. 알에서 태어난 생명은 내가 생각하는 것보다 훨씬 강인한 동시에 덧없었다.

부화시키기

① 인공 부화기 '피욧치'(삐약이)로 부화시키기에 도전!!

37.8℃로 설정

부적?

소원 팔찌

따뜻한 온도를 유지하도록 물을 넣는 접시

② 크으응

ON

가슴 설레며 시작

데굴

사람이 하루에 3~5번 달걀을 굴려준다.

이걸 '전란'이라고 한다

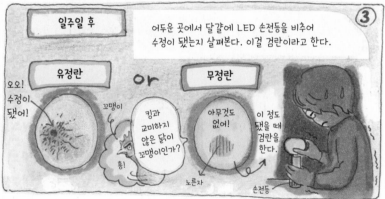

③ 일주일 후

어두운 곳에서 달걀에 LED 손전등을 비추어 수정이 됐는지 살펴본다. 이걸 검란이라고 한다.

유정란 or 무정란

오오! 수정이 됐어!

꼬맹이

킹과 교미하지 않은 닭이 꼬맹이인가?

흥!

아무것도 없어!

이 정도 됐을 때 검란을 한다.

노른자

손전등

④ 검란을 하다가 그만… 유정란을 떨어뜨리는 사고가 발생

헉

미끌

으악ー

탁

⑤ 18일 차

포인트

병아리가 폐호흡을 시작하므로 더 이상 알을 굴리지 않는다. 부화기 온도를 1℃ 낮춘다.

음

그렇군

6
20일차

작은 부리가 보여!

드디어…
삑삑 하고 희미하게 우는 소리가 들리면서 달걀 껍질에 처음으로 구멍이 뚫린다.

삑 삑

7

병아리는 달걀 가운데 부분을 일직선으로 쪼아서 알을 깬다. 도중에 힘들어서 끝까지 못 깨기도 한다.

삐약 삐약

갑자기 잠잠해지고 말았다.

날개가 보였는데

…

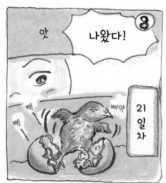

8
21일차

앗 나왔다!

삑 삑 삐약

9

부화기 안이 갓 태어난 병아리들로 북적거린다.

끄벅 삐- 삐- 끄벅 휙 삐약
삐약 삐약

술 취한 사람 모아놓은 것 같아…

10

쉽지가 않네….

혼자 일어나지 못하는 병아리, 몸이 서서히 식는다.

콕 콕
삐- 삐-

…

회사에서 돌아온 남편

고무처럼 생긴 작은 볏

귓구멍

쑥쑥 자라는 날개털

태어난 지 15일 된 병아리

어린 수탉의 운명

우리는 인공 부화를 통해 암평아리가 많이 태어나길 바랐다. 암탉은 달걀을 낳아주지만, 수탉은 무리에 한 마리만 있으면 된다. 만약 수평아리가 여러 마리 태어나면 한 마리만 남기고 전부 죽일 수밖에 없기 때문이다. 만약 그렇게 되면 남편이 죽이는 역할을 맡기로 해서 나는 안심하고 인공 부화에 도전했다.

태어난 지 두 달이 지나자 수평아리의 골격이 조금씩 커지고, 볏도 암평아리에 비해 눈에 띄기 시작했다. 직감적으로 '아, 얘는 수컷이구나.'라고 눈치챘다. '수컷같이 생긴 암컷일 거야.'라고 애써 믿으려 했다. 알 속에 있을 때부터 지켜봤기 때문에 모두 소중한 존재였다. 안타깝게도 다섯 마리 중에 네 마리가 수컷이었다.

"꼬오, 꼬오오."

어린 수탉이 아직 작은 가슴을 활짝 펴고 우렁차게 외치는 연습을 시작했다.

'모모타로'라는 어린 수탉은 타다닥 하고 달려와 사람의 다리를 꾹 물고 늘어지는 투쟁심이 강한 녀석이었다. "저놈은 뭐야. 성격 한번 고약하네. 얼른 잡아먹어버리자."라며 처음에는 농담처럼 했던 말이 서서히 현실이 될 날이 머지않았다.

결국 그날이 오자 모모타로는 눈치를 챘는지 집 안으로 도망쳐 숨으려 했다. 남편이 모모타로를 붙잡자 다리를 심하게 버둥거렸다. 그 모습을 보고 있자니 숨쉬기가 힘들어져 하늘이 연보라색으로 보였다. 어떤 생물도 죽고 싶지는 않을 것이다.

장난꾸러기였던 어린 수탉은 축 늘어져 어느 순간 잠잠해졌다. 방금 전까지만 해도 자신의 생각과 개성을 지닌 채 활기차게 돌아다녔던 모모타로가 아무 말도 하지 못하는 고기가 되어버리는 광경을 보자 모아 때와 마찬가지로 묘한 기분이 들었다. 모모타로는 그렇게 우리의 생명이 되어주었다.

그 후로도 인공 부화를 몇 차례 시도해봤지만, 암컷이 태어나는 비율이 낮았다. 일요일마다 어린 수탉의 목을 졸라 전골이나 수프를 끓여 먹는 것도 이제는 한계에 이르렀다.

양계장에서는 병아리 감별사가 수평아리를 골라내어 따로 처분한다고 한다. 인간이 소비하는 고기나 달걀을 대량으로 얻기 위해 다양한 형태의 희생이 따른다.

어린 수탉이 식탁에 오르기까지

삐 삐

귀엽다

이미 정이
흠뻑 들고
말았다.

알에서 부화한
병아리들과
보내는 나날

타고난 싸움꾼?

모모타로

어떻게 봐도
수컷이지요?

안타깝게도
수탉은 무리에 한 마리만 있으면
충분하기 때문에
나머지는 죽여야 한다.

암컷

꼬옥
꼬 꼬

?

꼬끼오 소리를
내기 위해
연습하는 것은
수컷뿐이다.

살아 있을 때
많이 예뻐해준
다음에 먹으면
괜찮아.

대단한
초등학생!

이번
주말인가….

← 도살 담당

앗, 기다려야!

목부터 떨어져 마당을 굴러 내려간 어린 수탉을 쫓아가는 첫째

이 광경을 보고 기겁했다.

죽은 닭을 뜨거운 물에 담가 깃털을 뽑는다.

조금 뜨거운 물에 담그면 깃털이 잘 뽑혀.

거기 아니야?

끄응

두 시간에 걸쳐 형제끼리 닭을 해체한다.

'닭고기'가 된 어린 수탉

방금 전까지 걸어다녔던 다리….

겐지로, 이것 봐! 엄청 맛있어.

벗이 맛있군.

오독

혁

오

맛있어.

전골을 끓여 먹는다.

4장

오늘도 서바이벌

개와 고양이, 새 식구의 등장

2016년 초여름. 핫토리 집안의 무모한 번식 시대에 종언을 고하는 사건이 일어났다. 남편이 개와 고양이를 거의 동시에 받아온 것이다. 개는 산행과 사냥을 함께하는 파트너로, 고양이는 쥐를 잡는 요원으로.

이제껏 몇 번인가 아이들이 개를 키우자고 졸랐지만, 닭과 마찬가지로 결국 내가 돌보게 될 테니까 허락하지 않았다. 개와 고양이와 닭이 사이좋게 잘 지낼 것 같지도 않았다.

남편은 어린 시절부터 개를 키우는 것이 꿈이었다고 한다. 한 번 사는 인생이라 생각해 동의하고 싶은 기분도 들었다. 나는 생각이 너무 많은 탓에 행동으로까지 옮기지 못하는 성격이라 어디선가 일이 저절로 일어나기를 기다리고 있었는지도 모르겠다.

마침 그 무렵 《마야의 일생マヤの一生》(무쿠 하토주 지음)을 읽었다. 책 속에는 개 마야가 고양이 페루, 닭 피피와 사이좋게 지내는 모습이 상세하게 그려져 있었다. 동물들은 내가 생각하는 것보다도 훨씬 영

리하고, 사리를 분별할 줄 아는 것 같았다.

"홋카이도에 사는 이토 씨네 가서 개를 좀 보고 올게. 걱정하지
마. 좋은 녀석이 없으면 바로 돌아올 테니까."

결국 남편은 홋카이도로 날아갔다. 지인인 사진작가 이토 씨의 마
당에서 올봄에 강아지 세 마리가 태어났다. 컴퓨터로 본 땅딸막한
갈색 강아지의 사진이 좀처럼 잊히지가 않았다. 그렇게 생긴 강아지
라면 틀림없이 데려올 것이다. 불안은 어느 사이엔가 강한 기대로
바뀌어갔다.

늦은 밤, 바깥에서 남편이 돌아온 기척이 들렸다.

"자, 도착했다. 고생했어."

남편의 손에 들린 대바구니에서 나온 강아지는 도토리처럼 동그
란 갈색 눈으로 불안한 듯 이쪽을 쳐다보았다.

"오느라 힘들었지?"

내가 안아들자 혀를 날름거리며 내 얼굴을 핥았다. 부모 형제와
떨어져 비행기를 타고 이렇게 먼 곳까지 오느라 고생한 강아지가 기
특해서 마음이 흔들렸다. 어미 개는 새끼를 데려가려고 하는 남편을
멀리서 날카로운 눈빛으로 바라봤다고 한다. 그 말을 듣자 갑자기

걱정 말고 나한테 맡기라는 마음이 들었다.

그날 밤, 2층에서 쉬고 있자니 1층에서 아이들의 웃음소리가 들려왔다. 다음 날 아침, 둘째 아들 겐지로가 "왜 그랬는지 모르겠지만, 오랜만에 형이랑 대화를 나눴어."라고 했다. 둘째 아들은 가족들에게는 쌀쌀맞게 굴었지만, 개에게는 애정을 갖고 상냥하게 말을 걸었다. 아이들이 어느 정도 자라서 예전과 같은 활기를 좀처럼 느끼기 어려웠던 집안 분위기가 조금 부드러워졌다.

'나쓰'라는 이름을 붙인 개는 남편의 사냥 파트너가 되어 겨울마다 함께 산에 다니고 있다. 평소에는 집 안에서 지내며 어리광을 부리지만, 산에서 목줄을 풀면 황금색 바람이 되어 질주한다. 야생의 습성을 한껏 드러내며, 살아 있어 기쁘다는 듯이 신나게 달린다. 그런 나쓰를 두 눈으로 직접 확인하고 나면 사냥을 하다 위험한 일을 당할 수도 있다는 것을 알면서도 집 안에만 가두어둘 생각이 들지 않는다.

나쓰는 사슴 고기를 무척 좋아한다. 나쓰가 직접 숨통을 끊은 사슴의 고기를 얻어먹고 있는 모습을 보면 뿌듯함이 느껴져서 좋다. 매일 간식으로 주는 뼈까지 우두둑 씹어 먹는다. 이렇게 생명은 계속 이어진다.

검은 고양이 '야마토'는 온화한 성품으로, 사람을 잘 따른다. 쿨한 성격이라 하루 종일 대부분 혼자 있는다. 인간이 기르고 있다는 것을 아는지, 아직까지는 마당에 돌아다니는 닭에 손을 댄 적은 없다. 생후 2개월 때부터 함께 자란 나쓰와 사이가 좋다. 함께 장난을 치거나 산책을 나가기도 한다. 집 안에서는 나쓰가 야마토를 견제하기 때문에 야마토는 자유로운 밖에서 편하게 시간을 보낼 때가 많다.

그러다가도 가족들이 어딘가로 나가는 모습을 발견하면 슬픈 듯이 울면서 쫓아온다. 외출했다 집에 돌아오면 "밥." 하고 말하는 느낌이다. 가다랑어포 봉지를 누군가가 들고 있으면 "오앵" 하며 바싹 다가온다.

추운 계절이 되면 야마토가 매일 이불 속에 파고든다. 내 몸은 이제 고양이 모양의 조각이 딱 맞춰져야 완성되는 퍼즐이 되었다. 고양이가 없으면 어쩐지 마음이 편치 않다. 이것이 소문으로만 듣던 고양이의 마력이라는 것인가. 고양이는 들어 올리면 쭉 늘어나는 것이 보기 싫었던 적이 있다. 하지만 살다 보면 생각지도 못한 일이 일어나는 법이다.

개와 고양이가 왔다!

이 안에 강아지가 들어 있다.

다녀왔어.

피곤함

아빠다!

2016년 6월 어느 날 밤
남편이 '또' 동물을 등에 짊어지고
집으로 돌아왔다.

대바구니에 담긴 채로 홋카이도에서
날아온 나쓰(우·2개월).
나중에 남편과 사냥을 갈 모양이다.

냐~
냐~

← 벼룩

그로부터 사흘 뒤
사이타마 현의 가와고에에서 온
검은 고양이 야마토(우·2개월)

질투하나?
몹시 무서운 표정을
짓고 있다.

ZOOM

낯선 동물들을
빤히 바라보고 있다.

킹

양말로 만든
장난감

닭들은 까맣게 잊고
개와 고양이와 놀고 있는
막내

검은 난쟁이
같은 야마토

킹!

하지 마!

픽 픽

내가 너보다 위야!

나쓰가 밖에 나가기만 하면
킹이 엄청 빨리 달려왔다.

※지금은 나쓰가 킹보다 서열이 높다.
나쓰는 닭을 무서워하지 않는다.

미래를 스스로 선택하는 아이들

도쿄에 있는 사립 고등학교에 입학한 둘째 아들 겐지로는 매일 아침 만원 전철을 타고 다니면서 일찍부터 대학 입시에 대비해 공붓벌레 같은 생활을 하고 있었다. 담임선생님이 학습 지도에 관한 상세한 메일을 일상적으로 보낼 정도였다. 고등학교 시절을 이렇게 보내는 사람들도 있구나 싶어 꽤 놀랐다.

해가 바뀌어 고등학교에서 보낸 1년이 끝나가고 있었다. 2학년 때부터는 사립대학인지 국공립대학인지 한쪽을 정해야 한다. 그런데 아들의 입에서 나온 결심은 뜻밖의 선택이었다.

"나, 고등학교를 그만두는 것도 괜찮지 않을까 생각 중이야."

이렇게 지내면서 시간을 낭비하고 싶지 않다, 공부는 언제든지 스스로 할 수 있으니까 지금은 좋아하는 그림을 실컷 그리고 싶다, 겐지로는 그렇게 말했다. 담임선생님에게 자신의 뜻을 전하자 선생님도 사실 넌 그런 말을 꺼내지 않을까 싶었다고 말씀하셨다고 한다.

순수한 사람일수록 곁에서 보기에 삐딱한 길을 선택하는 것 같다.

한 번 결정하면 다른 사람 의견에 귀를 기울이지 않는 완고함, 조직 사회를 이유 없이 싫어하는 성격. 짐작 가는 사람이 가족 중에 있다. 병원 대기실이 혼잡해지자 "사람들이 점점 더 많아지는 게 싫어. 집에 갈래."라며 신발을 신으려고 했던 겐지로의 어릴 적 뒷모습이 자꾸만 떠올랐다.

둘째 아들의 이런 사고에 아버지의 영향이 있다는 것은 남들은 물론이고 본인 또한 인정하는 부분이다. 하지만 남편은 아이에게 "나는 이렇게 보여도 고등학교와 대학교를 전부 나왔고, 취직도 했다. 네가 가려는 길은 가시밭길일 거다."라고 말했다. 여기에 "기본적으로는 네 의사를 존중하니 응원하마."라는 말도 덧붙였다.

둘째 아들이 내린 결단은 나로서는 받아들이기 어려운 억지 같았다. 부모를 잘 둔 사람에게나 있을 법한 어리광처럼 여겨져 쉽게 받아들일 수가 없었다. 인생을 통틀어 가장 즐거운 청춘 시절. 공부하느라 바쁘기도 하겠지만, 친구들과 즐거운 나날을 보냈으면 하는 바람이 있었다. 학교를 그만두면 매일 혼자 집에 있는 건가? 잘 어울렸던 교복 재킷과 넥타이를 더 이상 입지 않는 건가? 눈부신 청춘을 잃고 낙심한 사람은 나였다.

　둘째 아들은 늘 미소를 잃지 않는 온화한 성품을 지녔지만, 이야
기를 들어보니 냉정하게 사회를 바라보고 어른들의 모습을 분석했
다. 아들이기는 하지만 나와 다른 인격을 지닌 인간이기에 내가 아
이의 생각을 알지 못하는 것은 당연한 일이었다.

　친구들과 몰려다니며 선생님 말씀을 잘 듣고, 적당한 대학에 들어
가… 그런 식으로 살아가면 어떤 의미에서는 편하겠지만, 고등학
교 생활을 벗어던지면서까지 뭔가에 도전하려고 하는 아들을 존경
한다.

　하지만 다 큰 아들이 매일 집에 있는 것은 내가 상상한 것보다 훨
씬 괴롭고 서글픈 일이었다. 사회 현상이 되고 있는 '은둔형 외톨이'
라 불리는 젊은이가 남의 일이 아니었다.

　"지금은 하루하루가 힘들지만, 발견하는 게 있어서 즐거워."라는
둘째 아들의 말을 들으면 이 선택이 인생에서 마이너스가 되지는 않
을 것이라고 믿고 싶어진다.

　막내딸 슈는 "큰일이네. 친구들이 너희 오빠는 어느 고등학교에

다니냐고 물으면 이제 뭐라고 대답해야 하지?"라며 투덜거렸다. '아
니, 지금 그게 문제니?'라고 되묻고 싶을 정도다. 오빠한테는 "언젠
가 영화감독이 되었을 때, 고등학교 중퇴라고 적으면 폼이 날 거라
생각하나 보지." "집에만 있지 말고 돈이라도 벌어." 같은 말을 거침
없이 날렸다.

형 쇼타로는 "나는 그렇게 못해. 넌 정말 대단하다."라며 칭찬하
는가 싶더니 "야, 그래도 대학은 가는 편이 좋아."라고 했다.

그 말에 겐지로는 "아직 나도 대학을 가지 않겠다고 결정한 건 아
니야."라고 대답했다.

이런 대화를 듣고 있노라면 엄마는 혼자 아등바등할 뿐, 참으로
무력하다는 사실을 절감한다.

한여름의 인내력 테스트

장마가 지나가고 본격적인 더위가 찾아오면 에어컨이 없는 우리 집에서는 인내력 테스트가 시작된다. 그래도 창문을 내내 열고 지낼 수 있는 여름은 참 좋다.

아직은 어둑어둑한 새벽에 숲속에서 저녁매미 한 마리가 맴맴맴 하고 운다. 또 한 마리, 또 한 마리의 울음소리가 겹치다 보면 여름철 하루가 시작된다. 해가 높이 뜨면 매앰 맴맴 맴맴 맴맴 하고 한낮의 합창이 시작된다.

밤에는 바람이 불어와 꽤 쌀쌀한 1층까지 힘들게 이불을 들고 내려온다. 텔레비전이 있는 거실 방에서 뒹굴거리면 민박집에 온 기분이다. 얼마 전까지는 아이들과 함께 뒤섞여 잤다. 지금은 나쓰와 함께 밤을 즐기고 있다.

보기 드물게 습도가 65퍼센트 이하인 날은 아침부터 일이 척척 끝나고, 밖에 나가는 발걸음도 가볍다. 공기의 상태와 바람이 부는 방향을 오감으로 민감하게 알아차리는 것이 여름철 즐거움이기도 하다.

  그렇기는 해도 2018년 여름은 더위가 지독했다. "에어컨은 싫어. 더운 게 좋아."라고 말하던 딸아이조차도 "이러다 찐빵이 되겠어!"라고 투덜거렸다.

  하루 종일 집에서 작업을 하는 나와 둘째 아들 겐지로는 열사병으로 죽는 게 아닐까 살짝 공포를 느끼면서 더위와 싸웠다. 찬물을 받아놓은 욕조에 들어가거나 수건을 적셔 목에 두르기도 했다. 분무기를 옆에 두고 수시로 자신에게 뿌려가며 선풍기를 최강 세기로 돌렸다. 그런데도 정오가 지나면 앉을 수도 없어 누워버리고 말았다.

  어느 날 나는 피난처로 도서관을 찾은 다음, 시원한 사무실에서 일하는 남편에게 문자를 보냈다.

  "방 하나 정도는 에어컨을 설치하는 게 어떨까?"

  답장이 곧바로 왔다.

  "안 달 거야."

  "힘들면 시원한 곳으로 도망가 있어. 편의점이나 도서관, 친구네 집…."

  친구란, 이웃에 사는 멋쟁이 할아버지를 말한다. 남편은 현실적이지 못한 일을 가끔 진지하게 말한다. 그의 미학은 대단하지만, 그것을 지키기 위해 가족이 있는 것은 아니다. 누군가가 항상 참기만 하고 좀처럼 속내를 이야기하지 못하는 우리 집은 어딘가 이상한 게 아닐까? 문제는 부부관계나 가족의 왜곡으로까지 발전해 '그럼 가출이라도 할까. 갈 곳은 없지만.' 하고 생각했을 때쯤, 이 지독하게 더웠던 하루가 끝나고 말았다.

어른이 되어간다는 것

아이들이 고집 센 아빠를 넓은 마음으로 받아주고 있는 것을 어떻게 생각해야 할까. 엄마로서 내가 어떻게 해야 할까. 이런 생각을 깊게 하다 보니 본의 아니게 아이들에게 무언가를 강요하고 심지어 통제하려 하게 된다. 남편은 늘 아이들과 대등하게 마주하며, 어떤 일이든 아이 본인에게 맡긴다. 그런 식으로 거리를 유지하는 것이 아이들 입장에서는 기쁜 모양이다. 남편은 아이들과 함께하는 시간이 한정되어 있지만, 자신이 한 말을 열심히 실천한다. 그래서인지 가끔씩 던지는 말 한 마디가 설득력 있어 보인다.

"코로 숨을 쉬어." "항상 바르게 앉아." "가수 밥 말리는 자신이 사랑하는 삶을 살라고 말했어." 내용은 거의 비슷하다.

반면 둘째 아들은 "아빠는 너무 힘이 넘쳐서 무슨 말로도 아빠를 이길 수는 없을 것 같아."라며 지뢰를 밟지 않으려고 조심한다. 옷을 사고 싶다는 말을 무심코 했다가는 보나 마나 남편이 "옷은 지금도 많잖아."라며 낡아빠진 옷까지 다 끄집어낼 것이다. 점심 때 맥도날 드에 갔다는 말을 꺼내기라도 했다가는 미국의 왜곡된 정책에 대한 이야기를 하염없이 듣게 될 것이 뻔했다.

아빠의 생활 방식이 이 집의 생활 방식이라는 사실에 아이들은 반 쯤 포기한 채 맞춰주고 있지만, 그래도 내게는 솔직한 모습을 보여 준다. 슈는 예쁜 디자인 가구 회사에서 가구를 다 맞춰 사고 싶다, 하와이 여행을 가보고 싶다, 나중에 유명 브랜드 아파트에서 살고 싶다 등등 방금 전까지 텔레비전에서 흘러나온 광고를 거의 그대로 읊어댄다. 첫째 아들은 여자친구가 생겨도 이런 집에는 절대로 못 부른다고 한다.

"엄마, 동물 뼈가 매달려 있는 집이 대체 어디 있어?"

"여기 쌓여 있는 책들, 자리만 차지하니까 전부 버리는 게 좋지 않 을까?"

"우리도 에어컨 좀 사자."

아버지를 존경하는 것이 분명한 둘째 아들도 남편이 없을 때는 편 하게 말한다.

가족과 함께한 첫 서바이벌 등산

2017년 NHK 프로그램 제작진이 가족이 함께 서바이벌 등산을 하는 기획안을 가져왔다. 아들들은 바빴기에 이제 막 중학생이 된 딸 슈가 타깃이 되었다.

계곡 등반은 20년 넘게 하지 않았다. 대학 시절 반더포겔 동아리 친구들과 옛날이야기를 하다 보면 "고유키는 물이 얕게 흐르는 평평한 바위에서 혼자 넘어져 홀딱 젖은 적이 있잖아."라고 놀림을 당할 만큼 나는 둔하다. "나 같은 초보자가 가도 돼?"라고 남편에게 물었지만, 늘 그랬듯이 "괜찮아. 문제 없어."라고 대답했다. 그 말이 맞았던 적이 한 번도 없기 때문에 도무지 믿을 수가 없었다.

젊은 시절, 남편과 함께 몇 번인가 산에 갔을 때 힘들었던 기억이 있다. 어느 사이엔가 나를 혼자 두고 가버려 필사적으로 걸어가 간신히 따라잡자 기다리다 지쳤다는 듯이 그가 "당신을 보고 있으면 엄청나게 힘든 코스로 온 것 같은 기분이 든단 말이지." 하고 웃으며 말했다. '달인의 수준에서 생초보를 보면 그런 생각이 들 수도 있겠지.'라는 생각이 들다가도 그를 째려보며 '내가 이제 이 남자랑 말을 섞나 봐라.' 하고 다짐하는 일이 매번 반복되었다.

이번에는 텔레비전 카메라가 따라오니 아무리 그래도 다른 가족들이 지치지 않게 계획을 짜겠지. 하지만 산에 가는 것을 만만하게 봐서는 안 되겠다는 생각이 들어 몇 달 전부터 가까운 산에 당일치기 등산을 하는 훈련을 했다. 오랜만에 곤들매기 회를 먹을 수 있으려나. 산에서 하는 노숙 생활은 어떨까.

니가타 현의 하이데가와부出川 강 지류에 도착했다. 요 며칠 동안 비가 계속 내려서 물이 꽤 불어 있었다. 계곡을 등반할 때는 발목까지 잠기는 정도의 물은 물속을 폴짝폴짝 뛰어 건너고, 물이 더 깊으면 계곡에서 벗어나 대숲을 오르거나 커다란 바위의 움푹 팬 곳을 모로 기어 지나가거나 한다. 계곡은 등산로에 비해 원시적인 요소가 강하고, 경로를 선택하기가 어려워 그만큼 매력적이다.

몇 시간을 걸어 10미터 정도 되는 작은 폭포 아래에 도착했다. 물이 콸콸 쏟아지는 폭포를 올라가야 한다. 나쓰는 품에 넣고 가기로 했다. 남편의 우비 속으로 쏙 하고 들어가더니 남편과 함께 올라가

버리고 말았다. 슈도 어떻게든 올라간 모양인지 홀로 남은 나는 마음을 굳게 먹고 벽에 매달렸지만, 물속에 몇 개 되지도 않는 돌출부가 이끼로 덮여 있어 발이 자꾸만 미끄러졌다.

죽지 않겠다는 일념으로 로프를 붙잡고 어떻게든 끝까지 올라갔다. 오랜만에 생사가 걸린 공포를 맛보아서 그런지 몹시 흥분했다.

서바이벌 등산에서는 짐을 줄이기 위해 텐트를 가져가지 않는다. 밤에는 타프로 지붕을 대신하고 노숙을 한다. 먼저 모닥불을 피운다. 커다란 장작은 남편에게 맡기고, 나는 팔 두께 정도 되는 나뭇가지와 더 얇은 나뭇가지를 주워 모았다. 비에 젖은 축축한 나뭇가지에 과연 불이 붙을까.

나와 슈가 옷을 갈아입는 사이에도 남편은 쉬지 않고 일을 했다. 어느 틈엔가 아까 주워온 젖은 나뭇가지에서 연기가 피어오르더니 불이 붙었다. 모닥불 위에 냄비를 걸고 곧바로 밥을 했다.

"빗속에서도 모닥불을 피울 수가 있구나. 불을 정말 잘 피워."

"수백 번도 넘게 했는데 뭘. 무시하지 말라고."

그런 남편의 뒷모습을 보고 있자니 좀 더 일찍 아이들을 데리고 서바이벌 등산을 경험하지 못한 것이 후회가 되었다.

나쓰, 난생처음 계곡을 오르다 고전하다.

서바이벌 등산 숙소

계곡

로프

타프
(방수천)

굵은 나뭇가지
사이에 얇은
나뭇가지를
겹쳐
놓았다.

체인
스파이크

매트

헬멧

등산용 신발

그라운드시트

젖어도 되는 건
타프 바깥에 둔다.

동백나무

타프로 비를 막을 수 있는
것만 해도 감사하다.
한밤중에 물이 고이면
불안하다.

마른 옷으로 갈아입은 덕분인지 갑자기 기운이 났다. 남편이 모닥불 위에서 만든 따뜻한 밀크티를 건네주었다. 홍찻잎과 얇게 썬 생강을 우린 다음, 설탕과 크림을 듬뿍 넣은 밀크티는 차갑게 식은 몸을 따뜻하게 데워주었다. 낮에 딴 땅두릅을 볶아 간장으로 간을 한 것을 밥에 올려 저녁 식사를 해결했다.

밤에 침낭에 들어가 누웠는데, 갑자기 침낭 밖으로 고개만 쏙 내민 슈가 중얼거렸다.

"이런 곳에서 죽고 싶지 않아."

가슴이 철렁했다.

"차가운 비를 맞으며 난생처음 계곡 등반을 한 것만으로도 힘들었을 텐데, 나쓰까지 보살피느라 우리 딸이 고생이 많았네. 우리 꼭 살아서 돌아가자."

나는 감상적인 기분에 젖어 대답했는데, 딸아이는 코를 골며 잠들어 있었다. 어라…?

나는 문명에 물든 탓인지 요즘 산의 깊은 어둠이 무섭다. 가족들의 기척이 가까이에서 들리는데도 내 손조차 보이지 않는 칠흑 같은 어둠 속에 있자, 내가 살아 있다는 것이 점점 실감이 나지 않고 숨쉬기가 어려워졌다.

세찬 바람이 불자 후두두둑 하고 빗방울이 타프를 두드렸다. 나는 화들짝 놀라 주위를 두리번거렸다. 심장이 쿵쾅댔다. 숲속 깊은 곳에서 밤새 쏙독새가 쏙뚝쏙뚝 하고 울어댔다. 이렇게 숲 안쪽까지 깊이 들어온 것에 대한 기쁨과 두려움이 뒤섞였다.

둘째 날, 계곡에서 산마루까지 단숨에 올라가 그곳에서 너도밤나무 원시림으로 내려갔다. 발을 적시는 물에서 해방된 나는 다시 기운을 되찾았다. 너도밤나무 숲은 〈모노노케 히메〉에 나오는 숲의 정령이 뛰어다니는 듯한 분위기를 지니고 있었다. 고개를 들자 차분하고 마음이 편안해지는 나무가 머리 위로 뻗어 있었다.

이 날은 수온이 너무 낮아서 곤들매기가 거의 잡히지 않은 모양이었다. 남편은 "젠장, 이러면 말이 안 되지."라며 계속 아쉬워했다. 낚시는 다음 날 본류에서 다시 도전해보기로 했다. 나와 슈는 모닥불이 꺼지지 않게 지켜보며 기다렸다.

셋째 날은 곤들매기를 아홉 마리나 잡았다. 남편은 베니어판으로 만든 도마에 곤들매기를 올리더니 영 믿음이 가지 않는 '회색 만능 수건'으로 닦은 칼로 능숙하게 곤들매기의 살을 발라 회를 떴다. 일

슈가 낚은 곤들매기 28cm

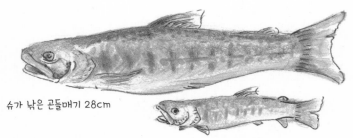

내가 낚은 곤들매기 15cm

련의 동작에 군더더기가 하나도 없어 나도 모르게 빠져들고 말았다.

투명한 선홍빛 곤들매기 회는 보기에도 예뻤고, 은은한 단맛이 느껴졌다. 계류의 깊은 맛이 났다. 여기까지 힘들게 걸어온 보람이 있었다. 하지만 이런 곳까지 우리가 들어오는 바람에 곤들매기는 죽임을 당하고 말았다.

그건 그렇다 치고 남편은 계곡 등반부터 숲속 생활까지 모든 일을 도맡을 뿐 아니라, 촬영이며 우리처럼 손님으로 온 사람들을 챙기느라 잡다한 일로 정신이 없어 보였다. 반쯤 뚜껑이 열려서는 "이걸 어떻게 다 나 혼자 하냐고!" 라며 고함을 지르기도 했다.

아침에 모닥불로 밥을 지을 때, 도시락을 쌀 밥도 함께 지었다. 아이들이 쓰는 도시락에 밥을 평평하게 깔고, 그 위에 잘게 찢은 매실장아찌와 맛가루를 뿌리고, 다시 밥을 꽉 채운 다음 마지막에 김과 매실장아찌를 골고루 뿌렸다. 이 소박한 도시락을 산속에서 먹으면 어찌나 맛있는지 '쌀은 정말 위대한 음식이야.' 하고 감격하게 된다. 그 도시락을 먹기 위해 다시 산에 가고 싶어질 정도다.

돌아오는 길에 비가 그치고, 남편은 온화한 표정을 되찾았다.

"그냥 평범하게 등산로로 가는 게 좋아. 계곡 등반은 이제 안 할래."

슈가 소감을 이야기했다.

"그래도 의외로 산에 쉽게 적응하더니만."

내가 대답했다.

"그거야 아빠랑 함께 왔으니까 그렇지."

남편의 대답이 돌아왔다. 우리에게 실제로 그 점은 매우 중요한 요소였다. 아침에 일어나면 가족들이 곁에 있고, 모닥불이 타오르고 있고, 따뜻한 차를 마시며 대화를 나눌 수 있었다. 깊은 산속에 있었는데도 단지 그것만으로 평소와 다름없이 생활할 수 있었다. 서바이벌 등산이라고 하면 수행 같은 이미지가 있었지만, 실제로는 자연이 주는 선물을 받아들이는 자유롭고 아름다운 여행이었다.

등산로가 없는 원시 상태의 자연 속에서는 불확실한 요소가 많아지고, 악천후의 영향도 그대로 받게 된다. 바위에서 떨어져 뼈가 부러지거나 움직일 수 없게 되면 그 자리에서 야생 동물처럼 죽겠지. 남편에게도 언젠가 그런 날이 올지 모른다고 생각하자 가족으로서 복잡한 심경이 들었지만, 그런 각오까지 하면서 임하는 등산의 매력을 이번 여행에서 조금은 알게 된 기분이었다.

서바이벌
등산에서 먹은 것

인기 No. 1

오갈피나무

어린 순을 딴다.
땅두릅과 꽤
비슷한 맛이다.

오갈피나무를 잘게 썰어
참기름으로 볶은 다음
간장, 된장, 설탕으로
간을 한다.

격하게 맛있음!!

오갈피나무 덮밥

인기 No. 2
개옥잠화
된장을 찍어서
그대로 먹어도
맛있다.

인기 No. 3
땅두릅

토란과
비슷한 맛

멍울풀

운 나쁘게도
남편의 눈에 띈
동물

줄무늬뱀

두꺼비

재미있어 보이는 길을 찾아다니며 살고 싶다

최근 몇 년 동안은 겨울마다 같은 지역에 사는 친구들과 팀을 짜서 에키덴駅伝 대회(여러 명이 팀을 짜서 장거리를 릴레이 형식으로 달려, 완주 시간으로 순위를 매기는 대회 – 옮긴이)에 참가하고 있다. 달리기를 좋아하는 여성들은 산에 오르는 것도 좋아한다. 에키덴 대회를 마치자 자연스럽게 산에 가자는 이야기가 나왔다.

오랜만에 조금 멀긴 하지만 가나가와 현과 시즈오카 현의 경계에 위치한 유가와라湯河原에 있는 마쿠야마 산幕山에 가자고 제안했다. 다섯 명이 함께 나섰다. 초등학생 아이를 학교에 보내자마자 집을 뛰쳐나온 사람도 있어서 느긋하게 출발했지만, 평일에 놀러 가려니 왠지 마음에 걸리기도 했다. 기분 좋게 흔들리는 전철을 타고 일상생활에서 벗어나 먼 곳으로 기꺼이 실려갔다.

사실 나는 단체 활동에 서툰 편이다. 이제는 중장년층에 속하게 되어서 그런지 조심하지 않으면 꼴사나운 존재가 될까 두렵기도 하다. 하지만 가끔은 친구들과 비일상적인 세계에 뛰어들고 싶다.

유가와라 역에서 버스를 타고 등산로 입구까지 가자 주변에 감귤류 나무가 가득한 것이 마치 《엘머의 모험》(루스 스타일스 개니트 지음)에 나오는 오렌지 섬 같았다.

등산객들로 붐비는 마쿠야마 산에서 동쪽으로 내려가자 공기가 차갑고 발밑에는 전날 내린 눈이 아직 쌓여 있었다. 여기까지 오니 드디어 조용하게 산행을 즐길 수 있었다. 지간스이自艦水 연못에서 다시 올라가자 난고 산南郷山 정상이 나타났다. 마나즈루真鶴 반도가 푸른 바다에 뻗어 있었다. 한동안 지구의 완만한 곡선에 빠져 있었다.

일 년 내내 산에 가는 남편에게는 오래전 산에 갔던 추억을 꺼내며 "그때 이런 일이 있었지?" 하고 이야기해도 "그런 일이 있었던가?" "기억이 안 나."라는 대답만 해서 대화가 끝나곤 한다. 우리는 돌아오는 길에 언덕을 뛰어 내려가다 배낭에서 귤이 떨어진 별것 아닌 추억을 보물 상자에 담아두었다.

"엄마, 오늘 어디 갔다 왔어? 아줌마들끼리 관광하고 온 거야?"

아이들에게는 늘 놀림당하기 일쑤다. 그래도 지도와 눈싸움을 벌이며 계획을 세웠기 때문에 단순한 관광은 아니라고 우겨본다.

즐거움은 소소한 것일수록 더욱 의미가 있다. 앞으로도 지도를 한 손에 들고, 재미있어 보이는 길을 찾아다니며 살고 싶다.

153

2017 여성팀: 아키, 아사미, 도모코, 유리코, 고유키

오늘 하루도 감사했습니다

막내딸 슈가 아침에 육상부 연습이 있는 날에는 새벽 5시가 넘으면 일어나야 한다. 깜박하고 다시 잠들어 꿈을 꾸다 보면 먼저 일어난 슈가 바닥을 걸어다닐 때 나는 쿵쿵 소리에 놀라 벌떡 일어난다. 검은 고양이 야마토는 아직 일어날 생각이 없는지 베개에 고개를 파묻은 채 자고 있다.

부엌에 들어서자마자 아이들(재수를 하는 첫째 아들 쇼타로와 중학생인 슈) 도시락을 싸기 시작한다. 지평선 위로 솟아오른 오렌지 빛이 창 너머에서 반짝이고 있다. 시시각각 변해가는 아침 햇살에 마음을 빼앗긴 채로 주먹밥과 계란말이를 만든다.

월요일에는 어느 정도 마련되어 있던 식재료도 목요일쯤 되면 초라해진다. 어제 장을 보러 가지 않은 탓에 오늘은 달걀과 파, 잔멸치를 넣은 볶음밥에, 구운 냉동만두만 곁들인 부실한 도시락이 되었다. 먹기 좋은 크기로 썬 사과를 작은 밀폐용기에 담아 대충 마무리한다.

프라이팬을 가볍게 씻어낸 다음, 아침 식사를 준비한다. 어제 저녁에 먹고 남은 땅콩호박 포타주, 콩나물과 돼지고기 볶음, 먹고 싶은 사람은 직접 낫토를 꺼내 녹인다. 과도를 꺼내 사과를 깎아 먹기도 한다.

계단을 내려온 남편과 아침 인사를 나누고 나면, 그는 먼저 차이를 만들기 위해 도마에 생강을 얇게 썰고, 막자사발에 향신료를 빻는다. 나쓰는 얼른 뒷산에 산책을 가고 싶은지 남편의 움직임을 빤히 관찰한다. 남편이 차이가 끓는 것을 기다리면서 늘 그랬듯이 회사 가기 싫다며 투덜거린다. 당장이라도 회사를 그만두고 싶은 모양이다.

남편은 나쓰와 뒷산을 한 바퀴 돌고 오며 주워온 장작을 몇 개 쪼갠 다음, 아침 식사를 한다. 나쓰는 접시에 조금 덜어준 차이를 맛있다는 듯이 핥는다.

"으악, 벌써 시간이 이렇게. 다녀올게." 하고 남편이 서둘러 도쿄로 출근을 한다.

"다녀올게요." 뒤를 이어 아이들이 나간다. 앗, 잠깐만. 쇼타로에게 쓰레기봉지를 들려 보내고, 그다음으로 나가는 슈에게도 또 다른 쓰레기봉지를 하나 들려 보내고 나면 이제야 나도 아침 식사를 한다.

8시가 조금 넘은 시각, 음식물 쓰레기통에 담아두었던 음식물 쓰레기를 들고 비탈길을 내려가 음식물 쓰레기를 털어내는 체에 대고 손도끼로 탕탕 두드린 다음, 암탉들을 닭장 밖으로 내보낸다. 그리고 헛간에서 상자를 뒤집어쓰고 있던 킹을 밖으로 내보내는데, 요즘은 늙어서 그런지 밖으로 내보내고 나면 늘 듣곤 했던 울음소리가 들리지 않는 날이 많아졌다.

남은 빨래를 널고 신문을 잠시 읽은 다음, 곧바로 (이 책의) 원고를 쓰기 시작한다. 글을 쓰다 막히면 설거지를 하거나 재활용 쓰레기를 정리하거나 집안일을 조금 한 다음 다시 자리에 앉는다. 내가 할 일이 생겼을 때는 대체로 집이 엉망이 된다. 그때는 읽다 만 신문이나 벗어서 던져놓은 잠옷 등을 피해 걸어 다닌다.

정신을 차리고 보니 정오다. 둘째 아들 겐지로가 계단을 내려와 "밥." 하고 손뼉을 탁탁 친다.

"어머, 벌써 점심 때가 됐어? 네가 차려봐."

재료가 있는 곳을 말해준 다음, 내 밥까지 차리게 한다.

"저기, 겐지로. 그림을 그리는 일은 수입이 불안정하니까 조리사 자격증을 따는 건 어때?"

"싫어."

어휴, 또 쓸데없는 소리를 하고 말았다.

나쓰가 어떻다느니 영화 〈카메라를 멈추면 안 돼!〉가 어떻다느니 하는 실없는 대화를 조금 나누고는 점심을 먹은 뒤 각자의 책상으로 돌아간다.

일주일에 이틀은 근처에 있는 조형 교실에서 일한다. 유치원생부터 초등학생까지 나이가 저마다 다른 아이들이 방과 후에 모여 각자 자기가 만들고 싶은 것을 만든다. 나무나 점토로 만든 틀에 종이를 겹겹이 붙여 배를 만드는 아이, 헝겊을 꿰매어 작은 손가방을 만드는 아이, 널빤지를 얇게 잘라 구슬을 굴리는 게임을 만드는 아이. 아이들이 무언가를 만드는 데 열중한 모습을 보면 늘 고개가 숙여진다.

조형 교실을 마치고 집으로 돌아오면 저녁 7시가 가까워진다.

"다녀왔습니다."

"어서 와."

고개도 들지 않고 학교에서 돌아와 체육복 차림을 한 채, 작은 화면으로 동영상을 보는 딸아이에게 짜증이 나지만 부엌으로 곧장 들어가 저녁 식사를 준비하기 시작한다.

"닭들은 닭장에 넣었어?"

"응, 둘째 오빠가."

눈은 여전히 동영상을 보고 있다.

부엌에서 달그락거리고 있으면 끼익 하고 뒷문 열리는 소리가 들린다. 남편이 회사에서 돌아온 모양이다. 나쓰가 뛰어나가 열광적으로 반긴다.

저녁 식사는 배추 삼겹살 찜에 파간장, 감자 마늘 구이, 무 된장국이다. 이걸로 부족한 사람은 낫토를 추가한다.

저녁 식사를 마치면 "자, 이제 목욕을 하고 자볼까." 하고 남편은 언제나 똑같은 대사를 하며 읽다 만 책을 집어들고 기나긴 목욕을한 다음, 9시 반쯤에 먼저 잠든다.

슈는 시험을 앞두고 있어 밥상 앞에 앉아 문제집을 본다. 문제를풀거나 내보는 사이에 재수생이 돌아와 늦은 저녁 식사를 한다. 하루 에너지를 모두 소진해 새파래진 얼굴로 "아, 나 죽을 것 같아. 더이상 못하겠어."라며 이야기를 늘어놓는다. 식사를 하고 나면 쇼타로는 조금 기운을 차리고는 내게 화학 강사 이야기를 들려준다. 그러다 이야기가 콜로라도신coloradocin(항생물질의 일종)이라는 물질로 건너간다. 너무 어려워서 도무지 따라갈 수가 없어, 응응 하고 맞장구만 친다. 차를 마시며 쇼타로의 수다 타임에 어울리다 보면 10시 반이 다 되어간다.

"손님, 이제 문 닫을 시간입니다."

정신을 차리고 나면 부엌 싱크대에는 설거지거리가 산처럼 쌓여있다. 달그락거리며 정리를 하고, 내일 밥을 지을 쌀을 미리 씻어서 준비해놓은 다음, 목욕을 한다.

맑은 밤하늘에 반달이 걸려 있다.

"오늘 하루도 감사했습니다."

남편과 딸 사이에 깐 이불에 누워 뒹굴다 '스트레칭을 해야 하는데….' 같은 생각을 잠시 하면서 얼굴에 찍어 바른 크림을 문지르다 보면, 크림 뚜껑을 손에 쥔 채로 어느새 잠이 든다.

Tree Singing

그냥 평범하게 살아달라는 건 무리입니다

"고유키 씨는 참 대단해."

내게 이렇게 말하는 사람이 있다. 그것도 꽤 많다. 이런 말도 꼭 이어진다.

"네가 그렇게 살 수 있는 것도 다 부인 고유키 씨 덕분이야."

아니, 잠깐만. 사냥을 한 것도, 산비탈 집에 살기로 한 것도, 닭과 개, 고양이를 키우기로 한 것도, 좀 더 이야기하자면 결혼을 하기로 한 것도… 다 내가 하자고 한 거다. 고유키는 전부 처음에 난색을 표했고, 미약하게나마 저항도 했다. 이 일은 모두 내가 다소 강하게 밀어붙인 것이다.

고유키의 의견을 존중했더라면 애초에 이런 생활은 하지 않았을 것이다. 그러니까 지금의 생활이 누구 덕분인지 굳이 따지자면 다 내 덕분이라 할 수 있다.

이런 이야기를 너무 솔직하게 털어놓으면 사람들은 그런 나를 어이없어 한다. 가끔은 "너 같은 사람은 자식을 낳지 말았어야 해."라는 말을 들을 때도 있다. 근처에 사는 다른 아이 엄마가 자주 집을 비우는 나를 타박하기도 했고, 설교하기를 좋아하는 노인이 위험한 등산을 하는 나를 에둘러 질책하기도 했다. 한 집안의 가장이 만약 죽거나 크게 다치기라도 하면 아이들이 경제적으로 어려움을 겪을 것이라는 게 그들이 내세우는 근거인 듯했다.

무언가를 이루기 위해서는 다른 무언가를 희생해야만 한다. 그러한 이치는 잘 알고 있다. 하지만 가정과 등산은 정말 양립할 수 없는 것일까.

애초에 내가 등산을 계속해온 이유는 등산이라는 세계에서라면 내가 이상적으로 생각하는 자신의 모습에 한 발짝 더 다가갈 수 있을 것이라 느꼈기 때문이다. 이상적인 내 모습에는 '멋진 호모 사피엔스가 되고 싶다(이성에게 인기를 끌고 싶다)'는 희망이 적잖이 포함되어 있다. 인기를 끌고 싶은 이유의 절반은 정말 솔직히 말하자면 번식을 원하는 본능이라 생각한다.

등산을 해서 매력적인 인간이 될 수 있을지에 대해서는 의견이 분분할 수 있다. 예전에 내게 산에 대해 가르쳐주신 스승님은 "등산에 수행적인 측면은 없다."고 단언하셨다. "만약 등산을 통해 인격을 갈고닦을 수 있다면 등산을 하는 사람들이 전부 이렇게까지 유치하고 제멋대로일 리가 없다."는 것이 그 이유였다. 북알프스 북부에 폭설이 쏟아지는 상황에서 텐트에 들어가 벌벌 떨며 나눈 이야기라 나는 그 말에 무어라 대꾸를 하지 못했다.

하지만 등산을 경험하다 보면 언젠가 이상적인 나 자신을 발견할 수 있을 것이라는 생각이 들곤 했다. 내게 등산은 인생의 즐거운 목적인 동시에 자신을 단련할 수 있는 수단이기도 했기 때문이다.

번식을 위해서는 결혼이라는 형식을 취하는 편이 여러모로 편리하다. 그렇게 인간 사회가 이루어져 있다. 나는 결혼을 포함하여 더 나은 삶을 살기 위해 등산을 하고 있다. 그런데도 주위에서는 등산을 하려거든 결혼을 하지 말라고 한다.

고유키도 가끔 "당신 같은 사람은 가정을 꾸리지 말았어야 해."라는 말을 할 때가 있다. 자신이 하고 있는 말에 모순이 있다는 것을 알면서도 제멋대로인 나를 에둘러 비난하는 동시에 자신이 얼마나 관대한 사람인지 넌지시 알리고 싶은 모양이다.

이 책에도 나온 것처럼 고유키는 체면이나 세간의 상식을 신경 쓰는 경향이 있다. 적어도 나보다는 신경 쓴다. 상식이 이제껏 인류가

쌓아온 지혜가 내놓은 잠정적인 결론이라면 판단 기준으로 삼아도 된다. 하지만 일반적으로 상식이라 불리는 것들 중에는 경제성장을 위해 의도적으로 만들어진 가치관이나 특정 집단이 서로를 감시하는 왜곡된 계몽사상이 포함되어 있는 듯하다.

상식(예컨대 휴대전화를 지니고 다니는 것, 좋은 대학에 가서 취직을 하는 것)에 '왜'를 계속 붙여나가다 보면 마지막에는 그 출처를 알 수 없게 된다. 좋게 해석하면 그 앞에 행복이 있으니까 정도의 뜻이 될 것이다. 하지만 행복은 무언가에 얽매이지 않는다. 이렇게 말해봐도 그 또한 상식으로 정해져 있는 듯하다.

행복이란 무엇인지 계속 파고들다 보면 '존재란 무엇인가' '생명이란 무엇인가' '시공간이란 무엇인가' '상식이란 무엇인가'처럼 인류가 문명이 발달하기 전부터 머리를 감싸고 고민해왔지만 여전히 해명하지 못하는 대명제에 부딪히고 만다. 현대의 과학은 생명이나 시공간을 다소 설명할 수 있기는 하지만, 그것의 이유가 무엇인지는 설명하지 못하거나 정답이 없다.

행복이란 행복감에 둘러싸여 있는 일시적인 상태를 가리키며, 행복해지기 위한 고정된 조건은 없다고 나는 생각한다. 어느 한순간 행복하다고 해도 감정은 시간이 지날수록 희미해진다. 결혼을 해도

신혼 시절은 금세 지나가고, 갓난아이도 대사를 반복하며 성장한다. 똑같은 행복이 내내 지속되지는 않는다. 평생 행복하려면 변화하는 상황이나 자신에 맞추어 앞날을 예측하는 관리가 필요하다. 하지만 이렇게 살기란 정말 쉽지 않다.

나는 등산을 경험한 결과, 상식을 의심하게 되었다. 위험한 일을 해서는 안 된다는 상식에 비추어볼 때, 등산은 더없이 어리석은 행동이다. 하지만 내 눈에는 위험을 피하고 살아가는 사람보다 산에서 생명을 불태우는 산 사나이가 더 매력적으로 보인다. 그리고 자연계에 들어서면 모든 일을 스스로 판단해야만 한다. 목숨이 걸린 상황에서 상식에 판단을 맡기는 것은 너무나도 위험하다. 때로는 비상식적인 행동만이 생존으로 이어질 때가 있다. 몸을 내던져야만 얻을 수 있는 기회도 있다.

잘 살아가는 것과 즐겁게 살아남는 것에는 미묘한 차이가 있다. 즐겁게 오래 살고 싶다면 상식에 너무 얽매여서는 안 된다. 나는 즐겁게 살려고 한 결과, 지금의 모습이 되었다.

그런 까닭에 감언이설로 고유키를 어르고 달래고, 꾀어도 보고, 때로는 못 듣는 척을 해가며 번식에 성공했다.

리처드 도킨스가 쓴 《이기적 유전자》의 내용이 옳다면 내 유전자는 그럭저럭 만족할지 모르겠지만, 다음 세대가 태어난 것만으로는 충분하지 않다. 다음 세대, 그 다음 세대…로 이어져야 한다.

그러기 위해서는 먼저 내 다음 세대가 건강하고 매력적인 존재가 되어야 하고, 그다음 세대를 마찬가지로 건강하고 매력적인 존재로 키울 수 있을 만큼 총명해야 할 필요가 있다.

하지만 이것은 매우 복잡한 문제다. 선조가 자손의 삶을 어디까지 간섭할 수 있을 것인가. 예컨대 아들이라고 해도 하나의 존재로서 경의를 표한다면 불필요한 간섭을 해서는 안 된다. 나 또한 부모나 선조가 내 삶의 방향을 정한다면 참을 수 없을 것이다. 친권이라는 법률적 용어가 있지만, 부모에게 의무는 있어도 권리는 없다. 제아무리 어린아이도 자신이 무엇을 하고 싶은지 생각할 줄 안다. 자식에게 무리하게 강요했을 때, 그것이 아이를 위한 일이 될 것이라는 자신감은 고작 삼십 년 남짓한 인생의 어디에서 오는 걸까.

어쨌거나 지금의 상황과 우리가 손에 쥐고 있는 잣대를 제시한다는 의미에서 과학적인 세계관과 그 교육은 인류가 도달해 있는 최선의 방법일 것이다.

과학기술이 이룩한 우리 생활은 환경에 크게 의존하고 있고, 풍요로운 나라와 지역이 승리를 거듭하며 격차를 벌리고 있기는 하지만,

대체로 사람들을 그럭저럭 온전한 인간으로 만들고, 사회를 그럭저럭 유지시키며, 그럭저럭 즐겁게 해준다고 평가할 수 있다(그런 생활을 어느 정도 누리고 있기 때문에 냉정하게 평가할 자신은 없다). 일반적으로 다들 비슷한 평가를 내리고 있는 듯하며, 학력이 인간의 우열을 가리는 기준이 되고, 학력이 높을수록 살아가는 데에 유리하다고(행복하다고) 여겨지는 모양이다. 그 결과, 대부분의 부모들이 자식에게 공부를 강요한다.

나도 강요받아 대학까지 졸업했다. 그래서 아이들에게도 그와 비슷한 삶을 살며시(혹은 끈질기게) 권했다. 하지만 강요는 하지 않았다. 내가 집에서 아이들에게 강요한 것은 대략 세 가지다.

1. 가족 간에 인사를 할 것(남매들 사이에서는 지켜지지 않고 있다.)
2. 식사를 할 때는 바르게 앉을 것
3. (치아 건강을 위해) 양치질을 열심히 할 것

"공기는 효소와 질소와 인사로 이루어져 있다."라는 명언이 있다. 인간사회에서 살 생각이라면 인사를 한다고 해서 손해 볼 일은 없다. 식사를 할 때 바르게 앉으라는 것에는 딱히 깊은 의미가 없다. 매일 가족이 요리한 음식을 제대로 먹는 것, 그 연장선상에 '바르게 앉기'가 있다. 치아 건강은 몸 전체의 건강과 직결되어 있다. 건강과 행복은 꽤 가까운 개념이라고 생각한다. 건강한데도 불행하다면 그것은 어지간히 운이 없거나 생각이 얕다는 뜻이다. 충치가 많은 사람은 이성에게 호감을 얻을 수도 없다.

　요즘 친하게 지내는 젊은 친구가 파파, 마마라고 부르게 하는 것을 본 적이 있다. 내심 좀 놀랐다. 반대로 존경을 나타내는 접두어 오ぉ와 접미어 상さん을 둘 다 붙여 오토상お父さん(아버지), 오카상お母さん(어머니)이라고 정중하게 부른다고 해서 '부모님이 훌륭하신 분들인가?' 하는 생각이 든다. 우리 집은 '상'보다는 친근한 '짱'을 붙인 오토짱, 오카짱이라는 호칭이 정착했지만, 요즘은 아들들이 '오'를 떼고(아니면 아주 살짝 발음하는 척을 하고) 부르는 듯하다. 접두어 '오'를 붙일 만큼 고맙지는 않다는 뜻일까.

　첫째 아들 쇼타로의 이름은 만화《죠죠의 기묘한 모험》(아라키 히로히코 지음)에 등장하는 쿠조 조타로空条承太郎에서 따 왔다. 둘째 아들 겐지로는 센고쿠 시대(15세기 중반부터 16세기 후반)의 전설적인 무장 사나다 노부시게真田幸村의 아명 겐지로源二郎에서 따 왔다. 소설《사나다 태평기》(이케나미 쇼타로 지음)에서 받은 영향이다. 막내딸 슈의 이름은 원래 모모코桃子가 될 예정이었지만(태명은 모모짱), 직접 마주하자 얼굴이 모모코와 어울리지 않은 데다가 슈가 태어날 때쯤에 모모코라는 이름을 가진 전혀 매력적이지 않은 여성을 만난 탓에 고유키가 슈라는 이름을 생각해냈다.

겐지로는 천식을 앓았기 때문에 본인의 의지와 상관없이 수영을 배우게 했다. 이것은 강요였다. 호흡 기관을 강화하는 효과가 어느 정도 있었다. 염소 때문에 수영장 수질이 신경 쓰이기는 했지만, 수영 자체는 전반적으로 건강에 좋다는 생각에서였다. 아마도 호흡을 제한함으로써 심폐기능이 향상되고, 면역도 활성화되는 것이 아닐까 싶다. 또한 물에 들어가기만 해도 수압 때문에 마사지 효과가 있다고 한다.

맥도날드 같은 음식을 평소에 안 좋게 보게 했다. 당연히 먹기도 할 것이다. 하지만 먹으면서 정크 푸드란 무엇인지에 대해 이야기해보는 것이다. 디즈니랜드를 비롯한 인위적인 즐거움을 소비하는 것은 천박한 일이라는 것 또한 이야기했다. 디즈니랜드의 일렉트리컬 퍼레이드를 보고 아름답다고 느끼는 것은 어쩔 수 없다. 그런 식으로 연출되어 있다. 하지만 오늘날의 전기에는 생명에 악영향을 끼치는 오물이 포함되어 있다. 만약 일렉트리컬 퍼레이드가 표현하고자 하는 점이 '현대사회란 자신에게 맞지 않는 오물을 사방에 뿌리면서 이어지는 전기 축제다.'라면 이렇게나 공들여 만든 블랙 코미디도 없을 것이다.

아이들의 존재가 나에게 등산이라는 리스크를 억제하도록 작용했던 적은 없었다. 올라갈 수 있을지 없을지는 단지 등산을 하는 사람의 능력에 달려 있다. 자신의 무능함을 자식의 탓으로 돌리는 것은 등산가로서 몹시 추한 행동이다. 부모의 책임이라는 말이 있는데, 자식이 있음에도 무언가에 도전한다는 것은 정말 무책임한 일일까. 자식 탓을 하며 하고 싶은 일을 하지 않는 것이 오히려 더 무책임한 것이 아닐까.

아빠가 어떤 일에 도전했다가 실패하고 죽었다고 해보자. 아빠가 없는 아이는 무조건 불행하다는 결론은 누가 정한 걸까. 집에서 빈둥거리며 자기 자신을 포기해버린 아저씨의 모습은 과연 아이에게 어떻게 비춰질까?

사냥을 하다 보면 어쩌다 부모와 새끼가 같이 있는 상황에서 부모를 쏠 때가 있다. 반대로 새끼만 쏠 때도 있다. 어느 쪽이든 무거운 결정이다. 이 점에 대해서는 나 나름대로 깊이 고찰하여 나만의 해답을 얻었지만 여기에는 쓰지 않겠다.

등산을 계속 해나가는 한편, 아이들과 함께 시간을 보내는 것이 등산만큼이나 재미있다는 것도 알아가고 있다. 아이들과 더 오랜 시간을 즐기기 위해 산에서 죽지 않도록 조심해야겠다고 생각했다. 하지만 아이들과의 시간을 즐기기 위해서는 또 등산을 계속할 필요도 있다(이유는 앞서 말한 결혼과 마찬가지다).

아이들은 생명이므로 대자연의 일부다. 대자연과 접하고 있다는 의미에서 육아와 등산은 비슷한 부분이 있다.

대자연(생명)은 내 뜻대로 할 수가 없다. 그래서 재미있다. 최악의 경우 불의의 사고나 평균 수명보다 먼저 생명을 잃을 가능성도 있다. 애초에 어떤 실수나 희생을 전제로 유지되고 있는 것이 생명인 것이다. 나와 내 아이가 희생자 중 한 명이 되지 않으리라는 보장은 없다. 아이를 낳는다는 것은 동시에 아이를 잃을 각오를 마음속 어딘가에 품는 것이기도 하다. 말처럼 쉽지 않지만, 내가 죽을 수 있다는 각오와 함께 아이를 잃을 수도 있다는 각오 또한 인지하고 있다.

육아와 등산이 비슷하다고는 해도 결정적인 차이가 하나 있다. 등산의 성과는 산을 오른 자의 몫이지만, 육아의 성과는 부모가 아니라 아이의 몫이라는 점이다.

아이가 무언가를 해냈을 때, '아, 내 덕분이지.'라는 생각을 솔직히 어느 정도는 한다. 하지만 그런 생각을 입 밖으로 꺼내지 않도록 노력한다(가끔 말을 했다면 미안하다).

믿어줄지 모르겠지만, 나는 나름대로 여러 가지를 고려해서 행동한다. 무언가를 넣으면 다른 무언가는 빠지기 마련이다. 모두를 충족시키는 판단은, 유감이지만 존재하지 않는다.

무언가를 하지 않는 이유는 귀찮아서가 아니라 다른 무언가를 하기 위한 것이라는 적극적인 이유였으면 하는 것이 내 신조 가운데 하나다. 성급하기 짝이 없는 인간 같지만 걱정할 필요는 없다. 하고 싶은 일의 우선순위에 '잠자기'가 늘 상위에 들어 있기 때문에 적어도 하루에 여덟 시간은 이불 속에서 조용히 지낸다. 코도 골지 않는다. 좀 더 말하면 낮에도 대부분 입을 열지 않는다. 나는 조용하고 차분한 사람이다.

의지를 굽히지 않는 등산가를 타이를 때 사람들은 곧잘 "산은 도망가지 않아." "물러설 줄 아는 용기가 필요해." 같은 말을 한다. 거짓말이다. 산은 거의 변하지 않지만, 산에 대한 인간의 마음은 변한다. 때를 놓치면 산은 오를 수 없다. 그러므로 그 순간에 하는 게 낫다고 생각하는 일은 조금 무리를 해서라도 제대로 하지 않으면, (특히 등산은) 계획이 무너져 숙제만 잔뜩 쌓이게 된다.

좀 더 상황이 좋아지길 하염없이 기다려도 상대가 먼저 다가오는 일은 없다. 기다리기만 해서는 기회를 놓칠지도 모른다. 움직여도 기회를 놓칠 때는 있다. 하지만 어느 한쪽을 고르자면 기다리기보다는 움직이는 편이 좋은 결과를 얻을 때가 많은 것 같다.

　다만 액셀러레이터가 두 개 있으면 폭주할 수 있으니 한쪽(고유키)이 브레이크(무사안일주의) 역할을 하는 것이 가장 바람직할지도 모르겠다.

마치며

근처 공원을 통과하는 길에 연한 레몬색 반점을 띤 꽃을 발견했다. 해마다 봄이 시작될 무렵이 되면 이 독특한 색을 지닌 일행물나무의 꽃이 기다려진다. 올해는 꽤 일찍 핀 것 같다.

겨울 동안 가급적 사람을 만나지 않고 집에 틀어박혀 책상 앞에 엉덩이를 붙이고 앉아 있었다. 생활을 주제로 원고를 썼더니 일상생활이 제대로 돌아가질 않았다. 빨래한 후 다섯 식구의 옷이 산처럼 쌓였다. 날이 완전히 저물고 나서 식구들이 "오늘 저녁은 뭐야?"라고 물어도 대답을 하지 못했다. 결국 냉장고에 있는 것으로 뭐라도 만들어 먹는 사람이 나타났다.

"미안, 미안. 지금 중요한 대목을 쓰는 중이라."

아이들은 내 말뿐 아니라 하고 있는 일 자체도 의심을 한다.

"엄마가 책을 낸다고? 아빠가 아니라?"

"말도 안 돼⋯."

그림을 그리는 일은 내게 간단한 일이었지만, 내 생각을 글로 표현하는 것은 생각보다 훨씬 어려웠다. 사람은 말로 마음을 표현하지만, 그와 동시에 거짓말을 한다. 그런 점에서 개는 말을 못하기 때문에 거짓말을 하지 않는다.

"결국 평범하게 쓰는 게 가장 좋다는 생각이 들었어."

내가 중얼거렸다.

"이제 와서? 원래 거기서부터 시작해야 하는데 말이야."

겐지로가 한마디 거들었다.

지금도 가끔 유나의 거리를 걷는다. 오래된 집 몇 채가 새 집으로 바뀐 모습을 보면 이제 나는 더 이상 이곳에 속하지 않는다는 기분이 들어 걸음이 자연스레 빨라진다. 우리 가족이 살았던 단층집은 지금도 그대로 남아 있지만, 감나무는 잘렸고, 마당에는 콘크리트가 깔렸다. 감나무에서 날개돋이를 마친 매미는 어디로 갔을까.

단층집 근처에서 사오리와 우연히 마주쳤다. 오랜만이야, 다들 잘 지내? 동아리 활동을 하느라 바쁜 중고생들, 아버지의 병환 등 서로 다급히 가족들의 근황을 알린다. 아이가 셋이면 세 아이들의 각기 다른 고민이 따라붙는다. 도망칠 수 없는 현실 속에서 행복했던 시절의 기억이 우리를 지탱하고 있다.

새해가 밝자마자 아이들이 유치원에 다니던 시절부터 알고 지낸 친구가 병으로 갑자기 죽었다는 소식을 들었다. 괴상하고 낡은 주택으로 이사 간 나를 걱정해주었던 친구는 몇 번이나 우리 집에 놀러왔다. 함께 장지문에 창호지를 바르고 페인트칠을 해주었다. 마지막으로 받은 문자를 찾아보니 '건강해지면 언덕을 올라가 너희 집에 놀러 갈게.'라는 글씨가 환하게 빛나는 화면에 나타났다.

이 책의 3장 '닭과 함께하는 날들'은 잡지 〈Fielder〉에 연재한 내용을 바탕으로 했다. 닭들의 이야기를 중심으로, 사실 이런 생활을 하게 된 까닭은… 하고 과거로 거슬러가다 보니 그만 내 생각을 털어놓았고 결국은 복잡한 이야기가 되고 말았다. 이렇게 한 권의 책으로 정리할 기회를 갖게 되어 감사할 따름이다.

그 과정에서 가족들과 이런저런 의견을 주고받으며 '표현'에 대한 여러 이야기를 나눌 수 있었던 것이 내게는 가장 큰 기쁨이었다.

핫토리 고유키

잠시 후 두 녀석은 술래잡기를
하다 슈를 밟고 만다.

밤 9시 마침내 하루가 끝났다.

메타세쿼이아

작은 매화 꽃봉오리

흰 고양이

단풍이 예쁘다

검은 고양이

연못

공원

사과를 받았다.

계단

개잎갈나무

겨울 산책

우리 집

버스에서 내려서

쿨~

3살

0살

무거워
끄응

짐 가방

5살

핫토리 씨 가족의 도시 수렵생활 분투기

초판 1쇄 인쇄 | 2020년 10월 5일
초판 1쇄 발행 | 2020년 10월 12일

지은이 | 핫토리 고유키·핫토리 분쇼
옮긴이 | 황세정

발행인 | 김기중
주간 | 신선영
편집 | 고은희, 정은미
마케팅 | 김신정
펴낸곳 | 도서출판 더숲
주소 | 서울시 마포구 동교로 150, 7층 (우. 04030)
전화 | 02-3141-8301~2
팩스 | 02-3141-8303
이메일 | info@theforestbook.co.kr
페이스북·인스타그램 | @theforestbook
출판신고 | 2009년 3월 30일 제2009-000062호

ISBN | 979-11-90357-45-6 (03830)

이 도서의 국립중앙도서관 출판예정도서목록(CIP)은 서지정보유통지원시스템 홈페이지(http://seoji.nl.go.kr)와
국가자료종합목록 구축시스템(http://kolis-net.nl.go.kr)에서 이용하실 수 있습니다.
(CIP제어번호: CIP2020039446)